ふるさと文学さんぽ

岩手

監修●須藤宏明
盛岡大学教授

大和書房

ふるさと文学さんぽ

岩手

監修●須藤宏明
盛岡大学教授

大和書房

川端康成

●ノーベル文学賞受賞記念講演「美しい日本の私」より抜粋

雪の美しいのを見るにつけ、月の美しいのを見るにつけ、つまり四季折り折りの美に、自分が触れ目覚める時、美にめぐりあふ幸ひを得た時には、親しい友が切に思はれ、このよろこびを共にしたいと願ふ、つまり、美の感動が人なつかしい思ひやりを強く誘ひ出すのです。この「友」は、広く「人間」ともとれませう。また「雪、月、花」といふ四季の移りの折り折りの美を現はす言葉は、日本においては山川草木、森羅万象、自然のすべて、そして人間感情をも含めての、美を現はす言葉とするのが伝統なのであります。

目次

さまざまな時代に、さまざまな作家の手によって、「岩手県」は描かれてきました。
本書は、そうした文学作品の断片（または全体）を集めたアンソロジーです。また、
本書に掲載された絵画は、すべて清水智裕氏によるものです。

風景

一握の砂

石川啄木

霧《きり》ふかき好摩《こうま》の原《はら》の
停車場《ていしゃば》の
朝《あさ》の虫《むし》こそすずろなりけれ

汽車《きしゃ》の窓《まど》
はるかに北《きた》にふるさとの山《やま》見《み》え来《く》れば
襟《えり》を正《ただ》すも

ふるさとの土《つち》をわが踏《ふ》めば
何《なに》がなしに足軽《あしかろ》くなり
心重《こころおも》れり

ふるさとに入《い》りて先《ま》づ心傷《こころいた》むかな
道広《みちひろ》くなり
橋《はし》もあたらし

ふるさとの停車場路《ていしゃばみち》の
川《かわ》ばたの
胡桃《くるみ》の下《した》に小石《こいし》拾《ひろ》へり

ふるさとの山《やま》に向《むか》ひて
言《い》ふことなし
ふるさとの山《やま》はありがたきかな

『一握の砂』より

解説

作者は、一八八六年、南岩手郡日戸村（現在の盛岡市玉山区）に生まれました。父は寺の住職で、間もなくして近在の北岩手郡渋民村《しぶたみ》（現在の盛岡市玉山区）に移ります。

少年期を過ごし、また長じてから代用教員として働いたのもこの渋民村でした。後年、記念館も建てられ啄木の故郷としてよく知られるようになりました。

「好摩の原の停車場」と詠んでいるのは、ＩＧＲいわて銀河鉄道線（旧東北本線）の好摩《こうま》駅。当時まだ渋民駅は開業していなかったので、この好摩駅が故郷の最寄り駅でした。

処女歌集であるこの『一握の砂』が出版されたのは、作者二十四歳の時。故郷を離れ北海道で働いた後に、上京して作家活動に耽っていた時期でした。

有名な「ふるさとの訛《なまり》なつかし　停車場の人ごみの中に　そを聴きにゆく」の歌も、この歌集に収められています。故郷を懐かしむ想いは、現代人にも十分に通じています。

「はるかに北にふるさとの山見え来れば」と詠んでいるのは、これも有名な「ふるさとの山に向ひて言ふことなし　ふるさとの山はありがたきかな」と同様に岩手山を指しているのでしょう。盛岡側から望む岩手山は、南部富士とも呼ばれ、コニーデ式の裾野を広げた美しい山容を誇ります。

こうした山に代表される故郷の風物は、作者にとって温かくありがたいものでありながら、また一方で「襟を正す」べき厳格さを見せ、さらには心が重くなるような現実を実感させたのでしょう。こうした複雑な思いもまた、現代人の深い共感を得る部分だといえるでしょう。

その岩手山を仰ぎ見る故郷の渋民公園には、数ある啄木碑の中でも、最初に建てられた歌碑があります。また盛岡駅前には「ふるさとの山に向ひて」の歌碑。そして盛岡駅の壁に掲げられた「もりおか」の字そのものが、啄木の書いた文字から取られています。

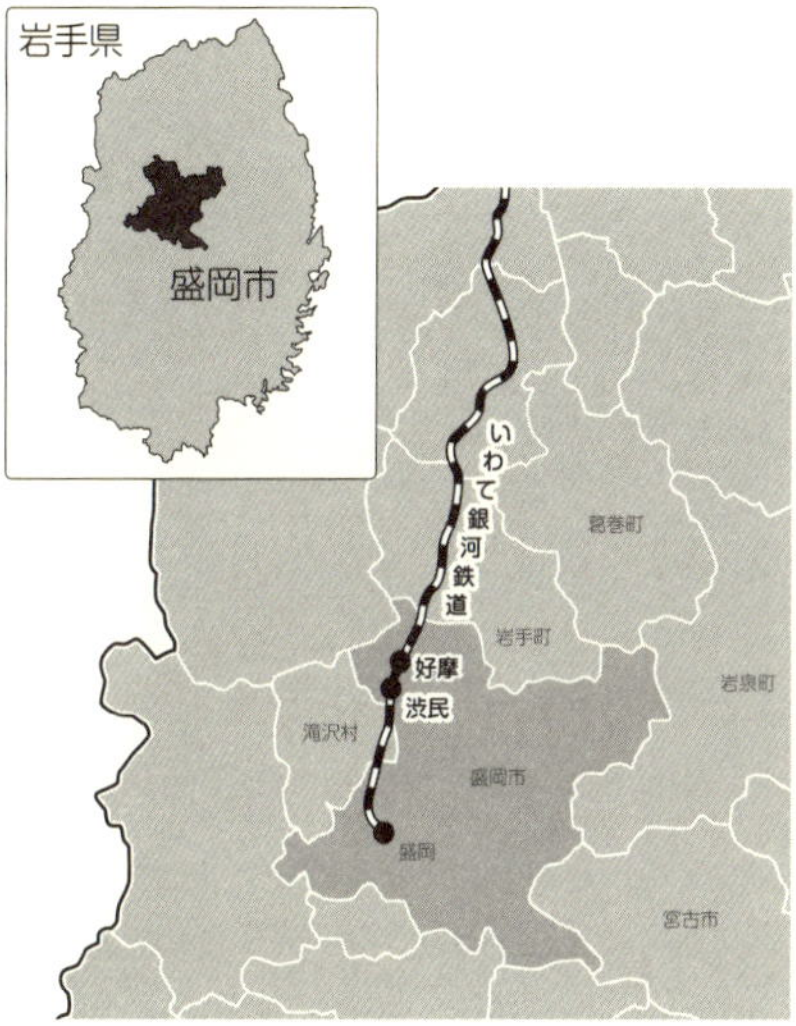

石川啄木
（いしかわ　たくぼく）1886〜1912

岩手県盛岡市生まれの歌人、詩人。本名は一《はじめ》。盛岡尋常中学校に進み、その頃から浪漫主義文学の影響を受け詩の創作を始める。1905年、処女詩集『あこがれ』を出すが生活は楽にならず、職業を替え各地を流転する。1910年、歌集『一握の砂』刊行後に病に倒れ、1912年、26歳の若さで世を去った。

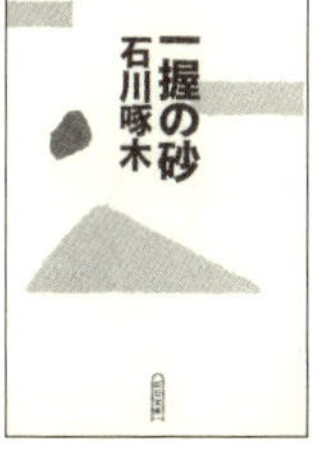

『一握の砂』
朝日文庫／2008年

緋い記憶

高橋克彦

私は二、三日落ち着かない日々を過ごした。

〈どうしてなんだ？〉

まったく理由が分からない。あれは東京オリンピックがあった年だから、間違いなく三十九年のことだ。建てられて二、三十年は経っていたはずの古い家だ。絶対に三十八年のこの住宅地図には掲載されていなければならない。なのに、どうしても見当たらない。

〈記憶が混乱しているのか？〉

場所を勘違いしている可能性はどうだろう。そう思いついて私の知っている町内すべてを目を皿のようにして捜して見たが、これと思い当たる家は発見できなかった。ヒマがある限り地図の小さな文字を睨《にら》んでいるので、神経が疲れる。それでも諦《あきら》め切れない。私が高校を卒業して以来、ほとんど盛岡に帰らなかったのは、その家にすべての原因がある。ない、では簡単に済まされない気分だ。

私はウィスキーの水割りを片手に、これで十何度目かの地図を広げた。祖母の家を起点にして高校までの道順を指で辿《たど》る。その途中にその家はあった。それは確かである。けれど、毎日おなじ道を歩いていたわけではない。近道、回り道、あるいは友人の住んでいた家を通って行く道。たまには大通りを横切って裏道を選んだこともあっただろう。三年間通った高校なのだ。今では一番多く利用した最短の道しか印象にないが、恐らく五十通りくらいの道があったのではないか？

私は必死に記憶を探った。

まず玄関を出てから右を選ぶか左を辿るかでずいぶん違う。右なら大通りに向かって丸藤菓子店に出るか、その手前を右に折れ、東映の角を曲がって映画館通りを白百合女子高校の方に上がって行く。その先は選択肢が無数にある。それは左を選んだ場合も同様だ。柳新道に突き当たるとカワイダンスホールのある右手の道と、駅に繋《つな》がる大沢川原に通じる左の道。どちらからでも高校へは行ける。せいぜい時間にして五、六分の差でしかない。

〈これじゃあ埒《らち》があかんな〉

知らない町であれば道への記憶も鮮明だろうが、こちらは子供の頃から含めると十年以上は盛岡に住んでいる。ほとんどの道に歩いた記憶があるのだ。

〈絶対にあそこだと思っていたのに……〉

私の目はふたたび上田界隈《かいわい》を記入してある頁に戻った。どう考えてもことしか思えないのに、地図ではそこが空き地となっている。ただの空白なら記入洩れというのも有り得るが、はっきり空き地と書かれている限り、調査済みと見做《みな》して間違いはなさそうだ。

私の苛立《いらだ》ちは限界に達した。

こうなれば、自分の目で確かめる他に方法がないのではないか？

たとえどんな結果が待っているにせよ、いずれカタをつけなければならない問題だったのだ。地図にない、というのが弾みをつけた。ここに記入されていないからには、もちろん、今はないはずだ。それなら耐えることができるかもしれない。それでも……私の胸は恐怖に満たされていた。鮮やかな緋色《ひいろ》が私の瞑《つむ》った瞼《まぶた》の裏側にじわじわと広がった。

「嬉《うれ》しいね。あの感じじゃ無理だろうと諦めていたんだ。どういう風の吹きまわしだ」

新幹線の改札口まで迎えに出てくれていた加藤が私の掌を強く握った。

「初恋の女が利《き》いたかな」

「まさか。町が見たくなっただけさ」

「どうする？　まだまだ時間に余裕がある。疲れているならホテルで休憩していても構わんが。よければ案内する」

「そのつもりで早めに出てきた。仕事の方はいいのかい？」

「若い連中に任せてきた。そっちの方がいい仕事をしてくれる。どれ、荷物を持とう」

加藤は気軽にバッグを受け取った。

「ご希望の場所は？」

「高校の周辺を歩きたい」

「それだけか？」

「ああ。だから、付き合ってくれる必要もない。ブラブラする程度なんだ」

「付き合うよ。あのあたりは特に変わっちまったからな。まさか迷子になるなんてことはなかろうが……解説者つきの方がいい。なにしろオレは古い盛岡の権威だから」

加藤はニヤニヤしながら階段を降りてタクシー乗り場に向かった。階段下のコインロッカーでは大勢の観光客が荷物の出し入れをしている。この盛岡に見物する場所がそんなにあるんだろうか。少し不思議な気がした。東北新幹線の行き止まりというだけで、あまり見るものはない。

「そう卑下したもんでもねえよ。オレたちには見慣れたものでも、石割り桜はやっぱり珍しがられるし、擬宝珠《ぎぼし》のある上《かみ》ノ橋の欄干だって今の時代じゃ懐かしい。市内を走る観光バスだって毎日運行されているんだぞ」

「ふうん。そんな時代か」

「そんな時代だ。昼に小岩井農場でジンギスカンを食って、夜に市内の店でわんこ蕎麦《そば》を食う。それで結構満足してるさ。今はグルメブームとかで、歴史よりも食い物の方が優先される。山菜や三陸海岸で獲《と》れる海産物を目当てにくる団体客も目立って増えた」

加藤は先にタクシーに乗り込んだ。

「わんこ蕎麦は食うかい？」

「よせよ。オレは観光客じゃない」

私は舌打ちした。遊びで競争するなら楽しいだろうが、地元の人間はほとんど食べない。忙しくて食事という気分にならないのだ。

「じゃあ、パーティが終わったら冷麺でも食いに行こう。食堂園が改築して奇麗になった。あれなら食えるだろう」

「そんなのがあったっけ?」

「なんだ、知らんのか。盛岡の冷麺は今や日本を代表する味だぜ。本場の韓国よりもずうっと旨《うま》いと評判だ。独特の麺でな。東京のとは腰が違う。チョー・ヨンピルが食って感動したとか、しないとか。最初はキムチがどっさり入った真っ赤なスープを見てだれでも尻込みするけれど、三、四回我慢して食っているうちに、麻薬のように体が要求しはじめる」

「三、四回我慢するってのが大変そうだ」

「冗談だよ。ホヤと一緒さ。口が馴れると、あんなに旨い食い物が他にあるかって思うようになる。どうも岩手はそんな食い物だらけだな。山菜の王様って言われるシドケにしたって、まともに考えりゃただの草じゃねえか。苦いばかりか舌までピリピリしやがる。それでも春になって飲み屋でシドケの文字を見ると反射的に注文しちまうんだ。まったく、どうなってるのかね」

「ヤマトのハヤシは健在だろ」

「ある、ある。場所も大通りのビルに移ってすっかり新しくなったけどハヤシライスは昔の味だ。仕事の先々でハヤシを食うが、あそこの味が日本で一番だ。あれはパックに詰めて持ち帰りができる。なんなら土産に買っておこうか」

「いいよ。腹が減っているんじゃないか？　さっきから食い物の話ばかりだ」

「当たりだ。今日は昼を抜いている。別に意地汚くパーティを当てにしたんじゃない」

「それなら、歩きまわる前に軽く食おう。ついでにちょっと聞きたいこともあってね」

加藤は頷くと運転手に行き先の変更を告げた。大通りに行けば食べる店はいくらでもある。ヤマトがいいだろ？　と加藤は質した。

「北斗のボルシチの味は覚えているか？」

私は訊ねた。映画館通りの真ん中にあったロシア料理店だ。高校生が簡単に行けるような雰囲気ではなかったが、ロシア文学が好きな叔父に連れられてよく入った店だ。

「知ってるさ。あそこはオレたちが高校の頃に潰れたぜ」

私も頷いた。ただ確かめたかっただけだ。


「地図にない家を捜す？」

加藤は戸惑いを隠さなかった。

「どういうことなんだ？」

「オレにも上手く伝えられない。しかし、簡単に言うとそうなる」

私は軽い溜め息を吐くと、ヤマトの現代的な店内をあらためて見渡した。清潔そうだが味気ない。冬になると真ん中に大きなストーブを据えて、春の陽だまりのような店だったのに
……靴の底に粘りつくようなリノリウム張りの床の感触も懐かしく思い出される。

「上田あたりは今どうなってる？」

ビールを加藤のグラスに注ぎながら私は慎重に話を進めた。肝腎の点は隠さないと……

「上田って言われても広うござんすよ」

「専売公社の裏手の方だ」

「公社の跡地に中央病院が建った。あの辺なら変わったのはそこだけで、他はあんまり変化もない。近くにバイパスができたために開発から取り残されたって感じだな。うん、確かにあの周辺なら昔の面影がある」

「公社の側に寺があったろ」

「正覚寺か。もちろん今だって」

「その門と平行して細い路地があった。上田教会に向かう坂道に通じていた」

「ああ、そうそう」

「その路地の右手が空き地になっている」

私は住宅地図のコピーを広げた。加藤は首を伸ばして地図を覗きこんだ。

「なるほどね。広い空き地だ」

「ここに古い家があったはずなんだ」

「………」

「オレが覚えているのはオリンピックの年だぜ。一年前の三十八年の地図に掲載されていないってのは不思議議じゃないか」

「………」

「貸家だったからかな」

「いや、貸家でも載るし、住んでいる人間がいなくても空家と記入される。でなきゃ役目を果たさん」

「やっぱりそうか」

「空き地とあるからにゃ……単純な記載洩れとも思えんな。勘違いじゃないか」

「そいつは何度も考えた。しかし、どうしてもここだとしか……まわりの家には記憶がある。原っぱの真ん中にポツンとあの家があったんだ。それがこの地図に記入されている空き地のことだと思う」

「なにが気になる?」

加藤は私をじっと見詰めた。

「今となりゃどうでもいいことだろう」

「………」

「第一、おまえさん、なんで上田の裏道なんかを詳しく知っているんだ?」

「学校の帰り道さ」

「まさか。高校から菜園の行き帰りに上田は通らんぜ。反対方向じゃねえか」

私は唖然《あぜん》とした。

「だが……オレは学校の帰りに」

「だから、遠回りする理由でもあったんだろ。好きな女の家でもあったのと違うかい」

「そうだろうか……」

自分でも分からなくなった。あの家にそういう思い出があるのは間違いない。けれど、あの家と関わり合いを持つまで、自分がどういうキッカケであの界隈をうろついていたのか、それが記憶から失われている。加藤に言われるまで、てっきり行き帰りの道だと信じて疑いもしなかった。

「上田なら……マリちゃんの実家がある」

「谷藤万里子《まりこ》の！」

「そう聞いてるよ。親父さんが亡くなって家を取り壊した。今は駐車場にしてるが、ゆくゆくはアパートを建てたいと言ってた」

そうか、と私は頷いた。思い出したのだ。万里子に片思いしていた私は彼女の住所を調べると、下校時間を見計らってあの界隈を歩きまわっていたのだ。偶然出会ったフリをして声をかけるつもりだった。

「ええと……谷藤、谷藤……あった、あった。なんだ。おまえさんの言う空き地の直ぐ側だぜ。空き地から九軒しか離れてない」

それもはっきりと思い出した。人間の記憶なんてタカが知れている。強烈な記憶が被《かぶ》されば、別の記憶は霧散してしまうのだ。

「だんだん分かってきたよ。マリちゃんが目当てで上田をほっつき歩いていたんだろう。こいつはマリちゃんが大喜びだ」

「そんなんじゃない」

私は慌てた。本当にそれだけは誤解だ。

「まあいいさ。だったら話は簡単だ。パーティが終わったら彼女の店に行こう」

「なんで？」

「空き地の側に住んでいたんだ。おまえさんよりゃ記憶が確かに決まってる。彼女に聞けばその古い家があったかどうか」

「やめてくれ！」

私は悲鳴に近い声を上げた。加藤ばかりか店の従業員までもが驚いて振り返った。

「もういいんだ。忘れてくれ」

「なんだい。おまえさんらしくねえ」

加藤はあんぐりと口を開けた。

「いいんだ。本当に」

私はもう一度繰り返した。

『緋い記憶』より　抜粋

解説

かつて盛岡で暮らしていた主人公。あるとき手に入れた盛岡の古い地図を見てみると、親しかったはずの少女の家が、そこに載っていないことに気づきます。

〈どうしてなんだ?〉。混乱した主人公は、実際に盛岡を訪れることに。そこで甦り出す記憶。あの日少女を抱いた隣の部屋には、真っ赤な血が広がっていて……。「記憶」を題材にした短編ミステリー作品で、一九九一年の第一〇六回直木賞受賞作です。

作者は、岩手県釜石市生まれ。創作活動も岩手で行っています。様々なジャンルの作品を手がけ、例えばNHK大河ドラマにもなった「炎立つ」や伝奇小説「総門谷」など、岩手を舞台にした作品も少なくありません。

この作品でも、盛岡の風物が詳細に描かれており、ストーリーとは別に楽しむこともできます。例えば友人が勧める「わんこ蕎麦」や「冷麺」。

わんこ蕎麦といえば、蓋をしない限り小椀から次々と蕎麦を放り込まれる蕎麦の食べ方。大食い選手権のような印象がありますが、本来は客をもてなすための料理です。祭りなど、大勢の人に同時に適量のそばを振る舞うことが難しいため、小出しにしたという説があります。

一方、「盛岡冷麺」と称される冷麺は、戦後に「平壌《ピョンヤン》冷麺」として朝鮮半島の伝統食を売り出したもの。人気が出て次第に多くの店で出されるようになり、盛岡冷麺としての地位を確立するに至ったのです。

そしてここには登場しませんが、もう一つ盛岡を代表する麺料理に「盛岡じゃじゃ麺」があります。これは、旧満州（中国東北部）の伝統食を戦後の盛岡で再現して売り出したもの。麺に肉味噌とキュウリなどをかけて食します。麺を食べ終わったら、そこに生卵を入れてお湯を注げば「チータン」スープの出来上がり。もう一度、楽しむことができます。これら三つを称して、「盛岡三大麺」といいます。

盛岡三大麺とよばれる、わんこ蕎麦(上)と盛岡冷麺(左上)、盛岡じゃじゃ麺(左)。

高橋克彦

(たかはし　かつひこ) 1947～

岩手県釜石市生まれの作家。早稲田大学商学部卒業後、浮世絵研究に進み、短大の講師などを勤める。1983年、「写楽殺人事件」で江戸川乱歩賞を受賞。その後、ミステリーや時代小説をはじめ幅広いジャンルの作品を次々に発表し、1991年には「緋い記憶」で直木賞を受賞した。

『緋い記憶』
文春文庫／1994年

暮らし

はて知らずの記

正岡子規

十六日六郷《ろくごう》より岩手《いわて》への新道を辿《たど》る。あやしき伏家《ふせや》にやう〳〵午餉《ひるげ》したゝめて山を登ること一里余樵夫歌《きこりうた》馬の嘶《いなな》き遥《はる》かの麓《ふもと》になりて巓《いただき》に達す。神宮寺大曲《じんぐうじおおまが》りを中にして一望の平野眼《め》の下にあり。山腹に沿ふて行くに四方《しほう》山高《たか》く谷深《ふか》くして一軒の藁屋《わらや》だに見えず。処々《ところどころ》に数百の牛のむれをちらして二人三人の牛飼《うしかい》を見るは夕日も傾《かたぶ》くにいづくに帰るらんと覚束《おぼつか》なし。路傍《ろぼう》覆盆子《いちご》林を成《な》す。赤き実は珠《たま》を連ねたらんやうなり。急ぎ山を下《くだ》るに茂樹《もじゅ》天を掩《おお》ふて鳥声を聞かず。下《くだ》り〳〵てはるかの山もとに二三の茅屋《ぼうおく》を認む。そを力にいそげども曲《まが》りに曲《まが》りし山路《やまみち》はたやすくそこに出《い》づべくもあらず。

　蜩《ひぐらし》や夕日の里は見えながら

日くれはてゝ麓《ふもと》の村に下《くだ》る。宵月《しょうげつ》をたよりに心細くも猶《なお》一二里の道を辿《たど》りて、とある小村に出《い》でぬ。こゝは湯田《ゆだ》といふ温泉場なりけり。宿《やど》りをこへば家は普請《ふしん》にかゝり客は二階に満ちて宿し参らすべき処《ところ》なしとことわる。強《し》ひて請《こ》ふに台所の片隅に炉《いろり》をかゝへて畳《たたみ》二枚許《ばか》り敷きわが一夜の旅枕《たびまくら》とは定まりぬ。建具《たてぐ》とゝのはねば鼾声《かんせい》三尺《じゃく》の外《ほか》は温泉に通ふ人音《ひとおと》常《つね》に絶えず。

白露《しらつゆ》に家《いえ》四五軒の小村かな
山の温泉《ゆ》や裸《はだか》の上の天《あま》の河《かわ》
肌寒《はださむ》み寐《ね》ぬよすがらや温泉《ゆ》の臭《にお》ひ

秋もはやうそ寒き夜の山風は障子《しょうじ》なき窓を吹き透《とお》して我枕《わがまくら》を襲《おそ》ひ、薄蒲團《うすぶとん》の縫目《ぬいめ》深く潜《ひそ》みて人を窺《うかが》ひたる蚤《のみ》の群《むれ》は一時に飛び出《い》でゝ我《わが》夢を破る。草臥《そうが》の足を踏みのばして眠り未《いま》だ成《な》らぬに。

十七日の朝は枕上《まくらがみ》の塒《ねぐら》の中より声高《たか》く明けはじめぬ。半《なか》ば腕車《わんしゃ》の力を借りてひたすらに和賀川《わかがわ》に従ふて下《くだ》る。こゝより杉名畑に至る六七里の間山《やま》迫りて河《かわ》急に樹《き》緑にして水《みず》青し。風光絶佳《ぜっか》雅趣《がしゅ》掬《きく》すべく誠に近国無比《きんごくむひ》の勝地《しょうち》なり。

『明治の文学 第20巻 正岡子規』より　抜粋

解説

作者は愛媛県松山の生まれ。その短い生涯に俳句や短歌の革新を行い、日本の近代文学に大きな足跡を残した人物です。

結核を患い病床に伏しているイメージがありますが、意外にもあちこちを旅していました。この作品は、一八九三年に芭蕉の足跡を辿るため、一ヶ月に及ぶ東北旅行をした際のものです。作者は芭蕉の俳句を批判していますが、こうした探求心に裏付けされたものだったのかもしれません。

もっともこのときのコースは、『奥の細道』のコースとはやや異なっています。芭蕉は平泉を訪れた後に奥羽山脈を横断し、山寺から出羽三山へと抜けるコースを辿りましたが、作者は仙台から山形を経て秋田に向かい、それから岩手を訪れました。この紀行は、入社したばかりの「日本新聞」の記事として連載されています。

本書で描かれているのは、八月十六日。秋田県の六郷(現在の仙北郡美郷町)から奥羽山脈を越えて岩手県和賀郡西和賀町にある湯田温泉峡へと至る行程です。湯田温泉峡にはいくつかの温泉が点在していますが、作者が泊まったのは中心地である湯本温泉。

奥羽山脈の山麓には古くから湯治場として栄える温泉が数多くありますが、湯本温泉もその一つ。江戸時代に発見されたと伝えられています。作者が訪れた明治期には、鉱山開発に伴って新たな温泉も発見されました。

現在でも多くの観光客・湯治客で賑わっていますが、ユニークなのは最寄り駅であるＪＲ北上線の「ほっとゆだ駅」。その名が示すように、駅の中に温泉が併設されています。
このほかにも岩手県内には、多くの温泉があります。南に行けば秘湯としても有名な夏油《げとう》をはじめとする温泉群。北へ向かうと花巻温泉峡があり、さらに北上すれば八幡平へと至ります。奥羽山脈沿いは、まさに温泉の宝庫といえるでしょう。

正岡子規
(まさおか　しき) 1867～1902

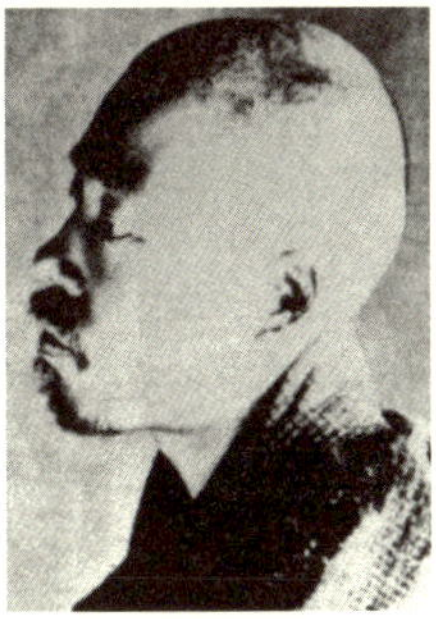

愛媛県松山市生まれの俳人、歌人。1884年、東京大学予備門に入学、同級には夏目漱石、南方熊楠らがいた。1895年、体調を崩し帰郷するがその後も創作に励み、1897年には俳誌『ホトトギス』を創刊、翌年には歌論「歌よみに与ふる書」を発表するなど、日本の近代文学全体に大きな影響を与えた。

『明治の文学 第20巻 正岡子規』
筑摩書房／2001年

小岩井農場

宮沢賢治

パート三

もう入口だ〔小岩井農場〕
（いつものとほりだ）
混《こ》んだ野ばらやあけびのやぶ
〔もの売りきのことりお断り申し候〕
（いつものとほりだ　ぢき医院もある）
〔禁猟区〕　ふん　いつものとほりだ。

小さな沢と青い木《こ》だち
沢では水が暗くそして鈍《にぶ》つてゐる
また鉄ゼルの青い蛍光
向ふの畑《はたけ》には白樺もある
白樺は好摩《こうま》からむかふですなと
いつかおれは羽田県視学に言つてゐた
ここらはよつぽど高いから
やつぱり好摩にあたるのだ
いつたいどうだこの鳥の声
なんといふたくさんの鳥だ
鳥の学校にきたやうだ
雨のやうだし湧いてるやうだ
居る居る鳥がいつぱいにゐる

なんといふ数だ　〔鳴〕く〔鳴〕く〔鳴〕く
Rondo Capriccioso
ぎゆつくぎゆつくぎゆつくぎゆつく
あの木のしんにも一ぴきゐる
禁猟区のためだ　飛びあがる
　（禁猟区のためでない　ぎゆつくぎゆつく）
一ぴきでない　ひとむれだ
十疋以上だ　弧をつくる
　（ぎゆつく　ぎゆつく）
三またの槍の穂　弧をつくる
青びかり青びかり赤楊《はん》の木立
のぼせるくらゐだこの鳥の声
　（その音がぼつとひくくなる

うしろになつてしまつたのだ
あるひはちゆういのりずむのため
両方ともだ　とりのこゑ)

パート四

本部の気取《きど》つた建物が
桜やポプラのこつちに立ち
そのさびしい観測台のうへに
ロビンソン風力計の小さな椀や

ぐらぐらゆれる風信器を
わたくしはもう見出さない
さつきの光沢《つや》消しの立派の馬車は
いまごろどこかで忘れたやうにとまつてやうし。
五月の黒いオーヴアコートも
どの建物かにまがつて行つた
冬にはこゝの凍つた池で
こどもらがひどくわらつた
けふは葱いろの春の水に
楊の花芽《ベムベロ》ももうぼやける
向ふははたけ
はたけが茶いろに堀りおこされて
廐肥も四角につみあげてある

並樹ざくらの天狗巣には
ちいさな緑の旗を出すのもあり
遠くの縮れた雲にかかるのには
みづみづした鶯いろの弱いのもある
ところがどうもあんまりひばりが啼きすぎる
　　育馬部と本部のあひだでさへ
　ひばりがとても一ダースでもきかないぞ

その逞ましい耕地の線が
ぐらぐらの雲にうかぶこちら
みぢかい素朴な電話ばしらが
右にまがり左へ傾きひどく乱れて
まがりかどには一本の青木
雲はけふも白金《はくきん》と白金黒《はくきんこく》

そのまばゆい明暗《めいあん》のなかで
鳥はしきりに啼いてゐる
　（雲の讃歌《さんか》と日の軋《きし》り）
それから眼をまたあげるなら
灰いろなもの走るもの蛇に似たもの　雉子だ
亜鉛鍍金《あえんめっき》の雉子なのだ
あんまり長い尾をひいてうららかに過ぎれば
もう一疋が飛びおりる
山鳥ではない
　（山鳥ですか？　山で？　夏に？）
あるくのははやい　流れてゐる
オレンヂいろの日光のなかを
雉子はするするながれてゐる

啼いてゐる
それが雉子の声だ
いま見はらかす耕地のはづれ
向ふの青草の高みに四五本乱れて
なんといふ気まぐれなさくらだらう
みんなさくらの幽霊だ
内面はしだれやなぎで
鴾《とき》いろの花をつけてゐる
　（空でひとむらの海綿白金《プラチナムスポンジ》がちぎれる）
それらかゞやく氷片の懸吊《けんちょう》をふみ
青らむ天のうつろのなかへ
かたなのやうにつきすすめ
いまこそおれはさびしくない

たつたひとりで生きて行く
もう大びらにまつすぐに進んで
それでいけないといふのなら
田舎ふうのダブルカラなど引き裂いてしまへ
それからさきがあんまり青黒くなつてきたら……
そんなさきまでかんがへるな
ちからいつぱい口笛を吹け

『新校本 宮澤賢治全集 第二巻 詩Ⅰ 本文篇』より　抜粋

解説

没後その名が世界的に知られるようになる作者ですが、生前に発行されたのは詩集と童話集とがわずか一冊ずつのみでした。そのうちの詩集が、本作品の収められている『春と修羅』です。一九二四年、関根書店から刊行されました。

作者自身は、これを詩集ではなく「心象スケッチ」と称しました。目で見た光景と、それを見ている自身の心象とを、時間を追って描いてゆくスタイルです。本作「小岩井農場」も、作者が題名の農場を訪れた際の心象スケッチとして作られました。

小岩井農場は、一八九一年に誕生。現在でも、雫石町と滝沢村とにまたがる広大な総合農場として知られています。日本鉄道（後の東北本線ほか）副社長の小野義眞、三菱社社長の岩崎彌之助、鉄道庁長官の井上勝の三人が共同創始者であったために、その頭文字を並べて「小岩井」と名付けられました。

作者は一九二二年五月に、この農場を訪れました。この詩の「パート一」は、「わたくしはずゐぶんすばやく汽車からおりた」と、始まっています。田沢湖線（当時は橋場線）小岩井駅で下車した作者は、農場行きの馬車には乗らず、長い道のりを歩き始めました。以降、歩きながら見える景色と、その時の心の様子を、詩にしていったのです。

「パート三」では、「もう入口だ〔小岩井農場〕」と農場に入ったことが窺えます。その後パート五・六・八は飛ばされますが、最後の「パート九」まで農場内の描写が続きます。

この美しい農場を、作者は愛したのでしょう。童話「狼森《おいのもり》と笊森《ざるもり》、盗森《ぬすともり》」など、いくつかの作品で描き出しています。農場の中には現在、作者の詩碑を見ることができます。また作者の見た牛舎やサイロも文化財として残されています。小岩井駅から詩碑まで、約六キロ。この詩に思いを馳せながら歩いてみるのもよいかもしれません。

1950年に撮影された小岩井農場の風景。

宮沢賢治

（みやざわ　けんじ）1896〜1933

岩手県花巻市生まれの詩人、童話作家、農芸科学者。盛岡高等農林学校（現在の岩手大学農学部）卒業後、農学校の教師などを勤める。1924年、詩集『春と修羅』、童話『注文の多い料理店』を発表するが、やがて健康状態が悪化し、その後は病床で詩や童話などの創作を続けた。1933年、37歳で病没。

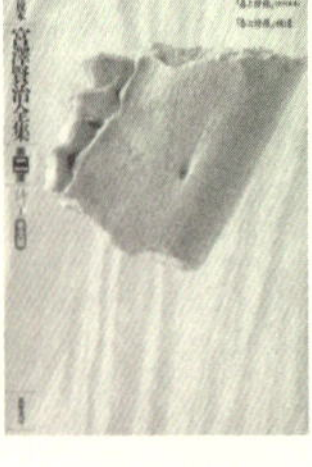

『新 校本 宮澤賢治全集 第二巻 詩Ⅰ 本文篇』
筑摩書房／1995年

出身地について

常盤新平

水沢という町で生れたにすぎないが、出身地はと訊かれれば、岩手県ですと答えてきた。私は三月生れで、その年の十二月には山形県の長井という町に移ったらしい。そのことをある年の三月に水沢を訪れて、はじめて知った。

水沢に行ったのは、そのときが三度目である。最初は、私の先生が草競馬のことを雑誌に連載されていて、水沢競馬を取材することになったとき、同行を申し出てお伴した。べつに行かなくてもよかったのであるが、生れ故郷を見ておきたいという気持があった。そういう気持になるのは、年齢《とし》をとった証拠だと思った。

先生は水沢に二泊されて、二日間の競馬を楽しまれたが、私は一泊しただけで帰京した。なにしろホテルにこもって仕事をしていたのに、そこを抜けだして、水沢に行ったのだから、一刻も早く帰らなければならなかった。水沢では、競馬が一レースもとれなかったのは、仕事をさぼった罰だろう。

二度目の水沢も競馬だった。盛岡のTV局に招かれて、いそいそと出かけたのであるが、駅前のホテルに泊った翌日は競馬でさんざんな目に遭った。着いた夜は、ホテルのそばの小料理店でひとりで酒を呑んだ。

先生のお伴をしたときも、二度目も水沢の町を歩かなかったのは、競馬のことしか頭になかったからかもしれない。それに、生れただけの町である。郷里は小学校から高校を出るまで住んだ仙台だと思っていた。

それに、出身地を岩手県と言ってきたのは、そんなことまで嘘をつきたくなかったからだ。といって、どこで生れたかったということもない。どこでもよかったし、出身地を尋ねられるのをいつもうっとうしく感じていた。

翻訳の仕事で水沢というペンネームを使っていたことがある。三十代にはいったころで、翻訳の仕事が楽しくて、いろんな筆名を用いて、一つの雑誌にいくつも翻訳していた。

九年前の春にシチリア島へ行った。マフィアに永らく関心を持ち、その没落を書いたゲイ・

タリーズの『汝の父を敬え』をその四、五年前に翻訳していたので、一度は行ってみたいと思っていた。タリーズは長靴のようなイタリア半島の先にあるこの島を訪れて取材している。シチリアに行っても、パレルモの町に数日滞在したにすぎなかった。そのとき、いつか水沢に行ってみようという決心がついたのかもしれない。生れただけの土地であるが、マフィアのルーツを訪ねた以上は、自分の郷里にも行かなければなるまい。

死んだ母の話を聞くかぎりでは、水沢でも貧乏暮しがつづいていた。兄から聞く話でも、貧しかったことがわかる。母は私を産みたくなかったそうである。もう四十二歳にもなっていたのだから、母の気持は充分に理解できる。

父は、私が生れる三日前まで母の妊娠を知らなかったそうだ。母はいつも着物の帯をきつく締めてごまかしていた。それでも、私は春近い冬のころに水沢で生れてきた。私のひねくれた根性はこの出産に少しは関係があるのではないかと考えることがある。もっとも、それほど真剣に考えたわけではない。

しかし、その年の十二月には、私たち一家は水沢を去っている。一家の七人は水沢の駅からぞろぞろと汽車に乗ったのだろうか。貧乏人の子沢山だったから、父は苦虫を嚙みつぶしたような顔をして、汽車に乗ったにちがいない。そのとき、父は四十歳ぐらいだった。

この三月に水沢へ行ったとき、私が生れたという宮下町のあたりを車で通った。駅から近いところだった。駅まで田んぼがひろがっていたという。

「お兄さんはあなたをおぶって、きっと駅まで田んぼのなかの小道を歩いていったんですよ」

と案内してくれた人が私に言った。

十二歳ちがうその兄の背中で、私はよく小便をしたという。

「なまあったけぇションベンで、それがだんだんヒャッコクなるんだ」

水沢の話が出るたびに、兄はそう言った。このことを話すとき、兄はたいてい酔っている。そして、私はそのたびに、生れ故郷の水沢では兄の背中で小便ばかりしていたような気になったものだった。

水沢については、十五年上の一番上の兄がよく知っているはずであるが、すでに故人である。母も父もなく、姉は今年が十七回忌である。この四人に水沢の話を聞いておけばよかったのだが、いまとなっては、自分の足で水沢の町を歩いて、その感触をつかむしかない。

『熱い焙じ茶』より

解説

直木賞を受賞した自伝的小説『遠いアメリカ』をはじめとした多くの作品、また海外文学の翻訳で知られる作者。大の競馬好きとしても有名です。

作者が生まれた水沢は、現在は奥州市水沢区。北上川のほとりに水沢競馬場があります。ここで開かれる競馬に、「南部駒賞」があります。南部駒あるいは南部馬とは、南部地方（青森県東部～岩手県中部）で育成された日本在来の馬。日本の馬は、現在はほとんどがサラブレッドなどの外来種で占められていますが、江戸時代までは在来種に限られていました。

在来種の馬は小～中型で、ポニーに分類されます。テレビドラマなどで見る源平や戦国の武将たちは大型の馬を颯爽と操っていますが、本当はポニーにちょこんとまたがっていたはずなのです。

在来種では木曽馬や北海道の道産子がよく知られていますが、なんといっても南部地方はその一大産地でした。南部馬の特徴は、在来種の中にあっても、大きくて強いことで知られます。源平合戦の名場面「宇治川の先陣争い」において、名馬「池月《いけづき》」と「磨墨《するすみ》」とが争ったことは有名ですが、その二頭はともに南部馬だったと伝えられています。

南部地方の人々が馬を大切にしていた証に、「南部曲り家」という伝統的な民家の作り方があります。L字型に作られるこの民家は、L字の一方に人間が住み、もう一方が厩《うまや》として使われるのです。一つ屋根の下で馬と人間が共存していたわけですね。

また、この地方では「蒼前様《そうぜん》」と呼ばれる馬の守り神の信仰も盛んです。有名な盛岡の「チャグチャグ馬コ」も蒼前様に因《ちな》んだもの。馬に感謝するための祭りなのです。

このように大切にされた南部馬でしたが、日本が明治を迎えた時、様相は一変します。大陸での戦争に大型の馬が必要となった軍部は、在来種と外来種とを交配させ大量の軍馬を造り出しました。その結果、純粋な南部馬はついに絶滅に至ったのです。

子どもをのせた馬車をひく南部馬。1948年の風景。

常盤新平

（ときわ　しんぺい）1931～

岩手県奥州市生まれの作家、翻訳家。早稲田大学文学部英文科卒業後、出版社に入社。海外の文学作品を多数紹介し、ミステリー雑誌の編集長も務めた。退社後は作家、エッセイスト、翻訳家として活躍。1986年には小説『遠いアメリカ』で直木賞を受賞した。

『熱い焙じ茶』
筑摩書房／1993年

川端君と盛岡

鈴木彦次郎

私とは、旧制一高時代からの友人川端康成君が、日本の作家として、はじめてノーベル文学賞を授与された。

ノーベル文学賞といえば、メーテルリンク。ハウプトマン。ロマン・ローラン。バーナード・ショー。ヘルマン・ヘッセ。アンドレ・ジッドなど、誰もが、世紀の大作家と認める人びとが受賞している。その同列に、川端康成が肩を並べたのである。日本文学として、また私個人として、こんなよろこばしいことはない。

大正六年、私が一高に入学した時、同級の文科に、川端、石浜金作、酒井真人らがいた。これらの作家志望の友人たちとともに、東大一年に進んだ大正九年の秋、高校時代に親しくなった今東光も誘って、同人雑誌「第六次新思潮」を刊行することになった。

そのころ、私は、郷友吉田義郎君（故人）平野浩一郎君（現在橘高校教諭）等とともに東大久保の素人下宿にいたが、そこへ川端君もころげこんできた。

秋だった。——私は仏事で一週間ほど帰郷したが、その留守に、川端君は、同宿の作家志望で当時某通信社に勤めていた平野君と誘って、半日ほど、靖国神社の招魂祭を見てきたといっていたが、その折りの見聞を素材にして、彼は新思潮第二号に「招魂祭一景」という短篇を発表した（大正十年四月）これが、菊池寛、久米正雄両氏の激賞を受けて、新進作家として文壇に踏み出す第一歩になったのである。川端のデビュウ（初登場）作品には、こうした盛岡人との縁がある。

次ぎは、いささか秘話に属するが、もう書いてもいいだろう。——私たちが高校生のころ、本郷真砂町にエランという小さなカフエがあった。幸徳秋水ら大逆事件の弁護人で、文芸誌「スバル」の後援者でもあった平出修（スバル同人だった啄木は、この人から大逆事件の調書を借読した）の弟の細君だったとかいう通称おばさんがマダムで、彼女が娘のように可愛がっていた、まだ十四、五のちよという少女と、素人くさい女給と二人いるきりで、カフエらしい華かさもなく、どこか家庭的な雰囲気さえある店であった。

でも、谷崎潤一郎や佐藤春夫も、時たま顔を見せるとか、今東光から聞いて、私たちも、散歩のついでに、よくその店へ立ち寄るようになった。

ちよは、すきとおるように皮膚のうすい色白な少女であったが、瘦せぎすの身体にはまだふくらみも見えず、固いつぼみのままといった感じだった。人なつッこく、陽気にはしゃいではいたが、時折り、ふいと孤独な影もさして、さびしげにも見えた。おばさんは、いつも、ちよに気をくばっていて、酔客が彼女に悪ふざけなどすると、たちまちきつくたしなめるといったふうだった。

「エランへ寄ろう」と誘うのは、きまって、同級の三明永無《みやけえいむ》か石浜で、川端と私は、そのあとにくっついてゆく存在だった。従って、ちよと賑かに談笑するのは前二者で、川端は口数も少なく、あの大きな目を、ぎょろぎょろさせながら、コーヒーをすすっているにすぎなかった。

その川端が、ちよと結婚すると、静かに宣言したのは、大正十一年の秋だった。石浜も私も、事の意外に驚いた。彼がそのような関心を、ちよに抱いていたとは、思いもかけなかったのである。もっとも、エランは、その前々年、おばさんに情人ができて、店を閉じ、ちよはおばさんの縁辺にあたる岐阜在の寺にあずけられていた。それを知った三明は、帰省の往復に、川端を誘って、何度か、その寺にちよを訪ねていた。明るい灯火の下を去って山寺にあずけられたちよの姿が、川端の愛情を一層深めたのであろう。――ともかく、ちよは岩手県岩谷堂《いわやどう》に住む父親の許しさえあれば、川端の申し込みを承諾するといったという。「善はいそげ」と世馴れた哲学専攻の三明の主唱で、石浜、私そして、もちろん川端をふくめての四人は、これも、あやしげな学生と間違えられないようにとの三明のアドバイスで、めずらしく、東大の制服を、そろって着用して旅立った。水沢駅へ着いたのは、忘れもしない十月十六日の早朝であった。そこから、父親の勤めている岩谷堂小学校へ、一気に自動車を飛ばした。

突然、四人の東大生の訪問を受けた謹直そうな校長は、あっけにとられながらも、用務員をしているちよの父親を校長室へ呼んでくれた。人のよさそうな五十年配の、どこか、ちよの面影を宿す父親は、制服姿の四人に囲まれて、終始、おどおどしながらも、しかし、「よろしくお頼みしあす」と、承諾の意を述べた。

「よかったなあ」我々応援隊は、まるで凱歌をあげる感じで、水沢を経て、かねての予定通り、盛岡の私の家へ着いたのだが、当の川端は、こんな場合でも、大して気負った様子もなく、ただ、いつもより、いくらか表情が、明るくはずんでいるにすぎなかった。

その夜は、折りよく帰郷中の平野君の案内で、幡街《ばんがい》の料亭で、川端の明るい将来を祝って盃をあげた。(友人の秘話を書いた以上、私自身にも触れなければ片手落ちだろう、その席に、現在の私の妻も来合わせて、彼らに初の対面をしたのであった)。

翌日は当時の神嘗祭。澄み切った秋晴の午後、私たちは、中津川べりを駅へ歩いていった。すると、あの城趾の石垣を這う蔦が、折りからの陽光を受けて、真紅に輝いていた。「すばらしい」多感な石浜は、声を上げて嘆賞したが、川端は、静かに立ちどまってまどろぎもせず凝視していた。その若き日の彼の姿が、ふしぎに今でも私の眼に残っている。

――このロマンは、ちよが幼なすぎて、川端の真情を解し得ず、ついに実を結ばなかった。

(一九六八・一一)

『鈴木彦次郎随筆集』より

解説

「新感覚派」と呼ばれる文芸活動を興し、後に大衆小説の作家としても多くの作品を残す筆者。生まれは東京都ですが、幼少時に父の故郷であった盛岡に転居し、やがて旧制盛岡中学校（現在の盛岡第一高等学校）に進学。当時、二歳上の宮沢賢治も同校に通っていました。

盛岡中学校卒業後は上京しますが、戦時中に盛岡に疎開。そのまま終生、盛岡で文筆活動を続けました。岩手県立図書館館長や岩手県教育委員長なども務め、岩手の文化発展に尽くしています。

さて、本作品では旧制第一高等学校と東京帝国大学（現在の東京大学）時代に同窓であった川端康成とのエピソードが紹介されています。川端が恋した少女の父が勤めていたのが、岩谷堂《いわやどう》町にある岩谷堂小学校でした。岩谷堂町は後に合併により江刺市となり、さらに現在は奥州市江刺区に含まれています。

この経緯に因んで、小学校近くの向山公園には川端康成の文学碑が建てられています。川端の三回忌に建立され、碑の裏側には「友人鈴木彦次郎」として筆者の解説が刻まれました。

しかし、いくらノーベル文学賞受賞者とはいえ、恋した女性の父親を訪ねただけで文学碑を建てるのは如何なものか、と思うかもしれません。ただ、筆者は碑文にこう記しています。「川端の全作品を味読するならば、いかに少女初代の心象がその底に色濃く投影しているかを認めずにいられまい」。この「初代」というのが「ちよ」のことです。若き日のこうした思い出が、後の川端文学の礎になったと考えれば、確かに岩谷堂の地も重要な意味を持つのだといえるのでしょう。
ところで岩谷堂といえば、奥州藤原氏の栄華を築いた初代藤原清衡《きよひら》が生まれた場所としても知られています。現在では、清衡が生まれた館跡付近に「歴史公園えさし藤原の郷」がオープンし、大勢の観光客を集めています。

鈴木彦次郎
（すずき　ひこじろう）1898～1975

東京都生まれの作家。父親の仕事の関係で、子どもの頃に父の郷里の盛岡に移る。大学時代、川端康成らとともに第６次『新思潮』を創刊。後には大衆文学に足場を移し、相撲を題材にした『土俵』『両国梶之助』などの小説を発表。また、盛岡で文芸誌やタウン誌の刊行に関わった。

『鈴木彦次郎随筆集』
杜の都社同人／1976年

伝統

鬼剣舞の夜

馬場あき子

葡萄熟るる熱き大地にへしみつつ乱舞《らつぷ》異形《いぎよう》の鬼は群れゐき

地《ち》しばり草むらむらしげり鬼と鬼相搏てるとき汗はしたたる

稚い死者の悲しみは深くありければ鬼らその衣を背《せな》に負ひたり

紺よくれなゐ達谷《だった》の裔《すえ》は地を蹴りて鬼剣舞《おにけんばい》す退くなかれ

鬼を舞ふはらから遠く見てゐしが幼な子はふと泣きいだしたり

『青椿抄 馬場あき子歌集』より

解説

歌人である作者はまた、民俗学にも造詣が深く、『鬼の研究』を書いたことでも知られます。

その鬼に因んだ「鬼剣舞《おにけんばい》」は、岩手を代表する郷土芸能「剣舞」に属する舞踊です。北上市や奥州市に分布し、鬼の名を冠しているだけに恐ろし気な形相の面を被って八人で踊るのが特徴です。

伝説によれば滅亡した奥州藤原氏や、その庇護下にありながら非業の最期を遂げた源義経主従を供養する踊りなどと伝えられていますが、定かではありません。

「剣舞」の名称は、剣の舞というより、陰陽道や修験道でおこなう「反閇《へんばい》」に由来していると考えられます。反閇は、地に潜む悪霊などを踏み鎮めるためのステップのこと。またこの舞踊は、「念仏踊り」の一種と捉えることもでき、やはり鎮魂や供養を目的とすることで共通しています。名称も、「念仏剣舞」と称する地域も多く、そのほかに鎧のような衣装をまとう「鎧剣舞」などもあります。

あるいは剣舞が「鹿踊《ししおど》り」とセットで伝えられている地域もあります。鹿踊りとは、鹿の被り物をつけた役が八人あるいは十二人で踊る勇壮な郷土芸能です。

東日本大震災の津波は、こうした郷土芸能にも大きな被害をもたらしました。剣舞や鹿踊りをはじめとして沿岸部に伝わる多くの郷土芸能で、それに関わる人々が被災し、面や太鼓などの道具が流されています。

それでも鎮魂のためにと、足りない道具のままに郷土芸能を再び演じ始めた団体も少なくありません。郷土芸能には、人々を元気にさせ、絆を深める力もあるのです。

そういえば、こんなエピソードもあります。頭に被るカシラが流されてしまった鹿踊りの団体。作り直したくても鹿の角が見つからないことに困っていたところ、それを聞きつけた関西の支援者が、あちこちから鹿角を集めて送ってくれたそうです。

鬼面を着け、太鼓や笛に合わせて舞う鬼剣舞。

馬場あき子

(ばば　あきこ) 1928～

東京都生まれの歌人。昭和女子大学国文科在学中に短歌の創作を始める。1948年からは中学・高校の教師を務めるかたわら、歌作や、民俗学、能などの古典の研究を続ける。歌集に『早笛』『桜花伝承』『葡萄唐草』など。評論も数多く発表しているほか、新作能の制作も手がけている。

『青椿抄　馬場あき子歌集』
砂子屋書房／1997年

南部牛方節

須知徳平

遠く上方、江戸表では、文化文政とつづく太平を謳歌していた頃のことだが、この地に住む人々は、みちのくの小京都と呼ばれている南部の城下に、一年に幾度か、交易の牛を運ぶ牛方たちの噂話に、その華やかな風潮を伝えきくだけで、今は、歌枕のよすがも、誰知ろうとしない、素朴な生業《なりわい》をつづけていた。

野田地方一番の牛方といわれた、源次の家は、玉川の源流が発するところ、九戸富士と呼ばれている端神岳《はしがみ》の麓にあった。村里から一軒だけ、ぽつんと離れて、数本の栃《とち》の大木に陽をさえぎられ、黒くうずくまったような家であった。

その造りからみて、かつては由緒《ゆいしょ》ある屋敷だったろうというが、今は土台崩れ、長年の間、葺《ふ》いたことがない藁屋根は、雑草や苔が重たくこびりついて、傾いた。夜になれば、朽ちやぶれた廂《ひさし》から、端神のいただきに散《ち》らばる、冷たい星が落ちた。

いつ頃からか、村人に呼び慣らされた、「端神のがんどう屋敷」、がんどうとは、盗賊とか、悪漢とかいう意味の方言である。

二十歳を越えたばかりの、年若いくせに、ひげの濃い、その上、なりふりも構わない源次の風体も、そんな呼名を連想させたかもしれないが、時代の移り変りに取残されたような、たしかに、そんな、人近づき難い、古びた趣《おもむき》をみせた、重々しい屋敷であった。

源次は、この屋敷にひとり住んでいた。いや、ひとりというのは、あやまりかもしれない。

源次は、一頭の牡牛を飼っていた。

この地方では、牛は家族と同様であるからだ。同じ屋根の下で寝起きし、吾子のように慈しみ育てる習慣がある。

牡牛は、全身漆黒《しっこく》な毛に包まれて、黒、と呼ばれていた。

彼は、黒を育てること以外は、何ごとも念頭にないかのような男だった。

（中略）

黒は、岩角を、がくがくひづめで裂いて、峠路を登ってゆく。

突然、黒は、身をぶるるっとふるわして、足をぴたりと止めた。手綱をひく源次にも、気が付かなかった一瞬だった。

黒は、喉の底のうなり声を押し殺し、ぎらぎら光る眼で左右の林を見廻して、びくびく耳を動かした。それから、何事もなかったように、源次の後を追った。

さんさ時雨こ　笹野のおやじ
おやじうなれば　牡牛《こで》うなる

黒が、密林の空気をとおして、一瞬身ぶるいして歩みを留めたのは、けもの特有の感覚で、押角《おしかど》の熊《おやじ》の気配を、感じたのかもしれない。

山々の過ぎ秋は、穴籠り前の熊にとって、その巨きな体に、翌春までの栄養を、蓄えておかねばならぬ、非常の時である。密林の無頼漢狼さえも、この季節の熊の気の荒さには、その足跡をみるだけで、息をひそめた。

牛方が、内陸との交易で、最も恐れたのは、この季節の熊の襲撃であった。

わけても、この押角の熊は、牛の血ばかりでなく、人の血も知っていた。二年前の凶作の時、栗や椎や、山ぶどうなどの山の木の実も、いつになく実のらず、穴籠り前の熊は、狂気のように、密林を暴れ廻った。

野山が真白く雪に覆われても、穴籠りをしない熊ほど、恐ろしいものはない。おのれの体に、一冬越すだけの体力が、未だ蓄えられていないことを、本能的に感ずると、手当り次第獲物を襲った。

昨年の秋終《じま》い、有芸《うげい》村松屋敷の、ある牛飼いの家が襲われたことは、この道筋を通る牛方たちの、恐怖の語り草になっている。

一なぐりに頸《くび》を折られた牝《め》牛が、血の跡を点々と残して、山奥にひきずられていった。

それを追った猟師《またぎ》も、背中をずだずだに裂かれ、松林のくぼみに埋められていた。猟師の着ていた厚い鹿皮が、真一文字にぶち裂かれ、種子島は、小枝かなんかのように、へし折られていた。

人々は、その、底知れぬ力に、驚き怖れた。

人の血を知った熊は、見境いなく、交易の牛も襲った。その後も、この押角の峠の麓で、門村《かど》の牛方が、売牛を二頭も斃され、命からがら逃げ帰った。

それ以来、押角の熊は、多くの牛方の恐怖の的となり、この峠路を通る牛方は、絶えてなくなった。

源次は、理助や、りかが案ずるのもきかず、他の牛方が留めるのも耳をかさなかった。何故か、いつもこの路を通った。

黒も又、この飼主と、同じ気持らしかった。角突き合いで、一度も敗れたことがない誇りが、他の路に変ることを許さないかのようだった。

陽は、西の山の端に沈み、峠の上に円陣を作った七頭の牛は、堺ノ神岳のいただきに、冷たく澄んだ星を浴びて夜を明かした。

源次はその夜、どうしてか眠れなかった。今迄、こんなことはなかった。まわりの樹々の葉ずれが、耳にざわついて、何度か眼を覚した。

黒も眠っていなかった。他の牛たちが、前肢の間に、首をもたせかけて、疲れを休めている中で、いつまでも眼を見開いていた。

（中略）

――いつとなく夜は更け、疲れ切って、うとうとしていた源次は、明方の冷気に、ぶるっと体をふるわせて、眼を覚した。

焚火は、うず高く白い灰となって、寝ざめの体は、すっかり冷え込んでいた。

源次は、傍に寝ていた筈の、黒がいないことに気がついた。

落葉をはねのけて、起上った。

「黒――」

明方のもやの中に、源次の声がしみとおっていった。

「黒――」

もう一度叫んだ。

その時、朝もやを伝わって、異様なうなり声が、きこえた――。

「黒――どこだ――」

源次は走った、林をつきぬけ、岩角を曲って、ふり返った時、源次はそこで、凍えたように立ちどまった。

源次は見たのだ――。

白じんだ、堺ノ神岳を背にして、真黒い二かたまりの巨大なけだものが、岩のように対い合って立っているのを――。

激しい鼻息が、白煙のように立ちのぼっていた。

源次は、ふるえる手で、腰のマギリを、しっかとつかんでさやを払った。

二つの黒いけだものは、微動だにしなかった。まわりの空気が不気味に圧せられた。

源次は、間に踏み込んでゆこうとしても、一歩も入ってゆけなかった。

押角のいただきは、次第に明け染めてきた。源次は、やっと喉の底から、うなるように叫んだ。

「黒――やるかっ」

――うおーっ。

加勢の声を対手の後にきいた押角のおやじは、牙をむき出した。

「黒――やれ、根限りやれ」

眼前に、黒と対い合った、押角の人食いおやじの面を見た時、今迄耐えてきた、激浪のような怒りが奔出していった。

あの、牙をむき出して、咆哮している、巨大な黒いけだものは――次第に、源次の胸の中に、凡ゆる怒りの対象となって拡がっていったのだ。

番所の役人――近江屋――津志田の目明し――そして、あの、冷たいお城の白壁――自分を再び入れてくれぬ、不来方の城下――すべてが、真黒く源次の前に立ちはだかったのだ……。その中で、あの、おりゅうと呼ばれた、女の白い顔が、悲しく浮かんでくる……。

源次は、ぎりぎりマギリを握って、声の限り叫んだ。

「黒――負けるんじゃねえぞ」

押角のおやじは、猛り狂った。

ものすごい咆哮と共に、両後肢で、がっと立上った。次の瞬間、鋭く開いた五本の爪が、黒の右頬を、横にかっ払った。

頭を低く身構えていた、黒の籠角が、がくっと、斜に、おやじの掌を払いのけた。

飛びすさった二頭のけだものは、また、元の姿勢に返って、にらみ合った。

黒の頬から、幾すじもの血が、むくむく湧いてきて、下の落葉にしたたった。黒は、それでも、頭をあげようとしなかった。

――うおーっ、

再び咆哮が、密林をゆるがして、おやじは立上った。源次は、必死となって息をつめた――。黒はその時、激しいうなり声と共に、おやじの両掌の間を、角でがっきと受止めたのである。もう、すっかり明け白じんだ、押角のいただきに、両差しとなった二頭のけだものは、激しい息づかいのまま、再び動かなくなった。

黒の背からは、白い湯気が妖気のように立ちのぼった。

源次の顔からも、汗がぼたぼた、したたり落ち、背中も、腰も、両足も、汗でびっしょりになった。

黒のひづめの下の落葉が、ぎりぎり地面に食い込んだ。源次は、また叫んだ。

「負けるな、黒――もう一押しだ」

じりじり、崖ぶちに押されていったおやじは、最後の力をふりしぼるように、があっと飛び上って、黒の肩に鋭い牙を食い込んだ。その時である。この瞬間を待っていたかのように、黒の篦角が、おやじの白い月の輪をめがけて力の限り突上ったのである。

山々や、谷々をゆるがす咆哮だった。おやじは、血に染まった、鋭い牙をむきだしてどさっと、仰向けによろめいた。

頬と、肩に、したたる血を、ぶるるっと振った黒は、間髪を入れず、前肢のひづめで、おやじの腹にふみ込んだと思うと、月の輪めがけて、又一突きの角を入れた。押角のおやじの絶叫が、朝空をゆるがした。月の輪から、赤黒い血が、わき出て、落葉に流れしみた。赤く染まった月の輪が、しばらく、びくっびくっと、ふるえていたが、やがて動かなくなった。

黒は、血だらけの顔をあげ、朝空に向けて、一声、勝鬨のうなり声をあげると、源次の顔を、ものうく、じろっと振向いた。源次は、黒の側に、がっくり腰を下した。体中が、水を浴びたように、濡れていた。

「黒――よくやった。よくやったぞ」

源次の眼から、何故か涙がぼろぼろこぼれ落ちた。

黒は、源次の傍に、うずくまった。必死の闘争に、精根尽き果てたかのような、黒と源次は、その場に折り重なるように倒れて、しばらく動かなかった。血と、汗と、涙で、ぐしょぐしょに濡れた二つの体が、朝風に、吹かれていた。

『春来る鬼』より　抜粋

解説

作者は盛岡市の出身。岩手や北海道で教員をした後、『北の文学』第四号に本作「南部牛方節」を発表したのがデビューとなりました。「ミルナの座敷」をはじめとして多くの児童文学作品を残しています。『日本のこわい話』といった物語集や、『野口英世』などの伝記。誰もが、子どもの頃に一度は読んだことがあるのではないでしょうか。

さて、南部地方（青森県東部〜岩手県中部）は、馬だけでなく牛の飼育も盛んでした。それが「南部牛」です。自動車が登場する以前、牛は馬同様に物資の運搬に用いられていました。「牛方」たちは牛を誘導しながら、物資を盛岡などに運んでゆきます。その際に歌われたのが、牛方節でした。

主人公が住む野田とは、現在の九戸《くのへ》郡野田村。岩手県北部の太平洋岸に位置します。古くから製塩が行われ、塩の産地として知られてきました。海岸部で作った塩を盛岡などに運び、米や穀物と交換しました。

沿岸部と盛岡などの内陸部の間には、険しい北上山地が立ちはだかっています。現在でも盛岡から野田を目指そうとすると、山を横断すれば三時間近くを要します。鉄道でも八戸まで新幹線で迂回し、久慈経由で正味二時間。実際にはやはり三時間近くかかります。

自動車や鉄道があってもこれだけ大変な距離ですから、牛によって運搬した時代には、四日はかかったといいます。それでも、馬より牛の方がこの道には適していました。平地であれば馬の方が速いのは当然ですが、塩のように重い荷を背負い、山道を長時間安定して進むことができるのは牛だったのです。

野田の塩を運ぶ牛を「野田ベコ（牛）」と称し、またその牛たちが長い年月をかけて踏み固めた道を「ベコの道」「塩の道」と呼んできました。現在、道の駅「のだ」には、その頃の様子を偲ばせる「野田の牛方像」が建てられています。

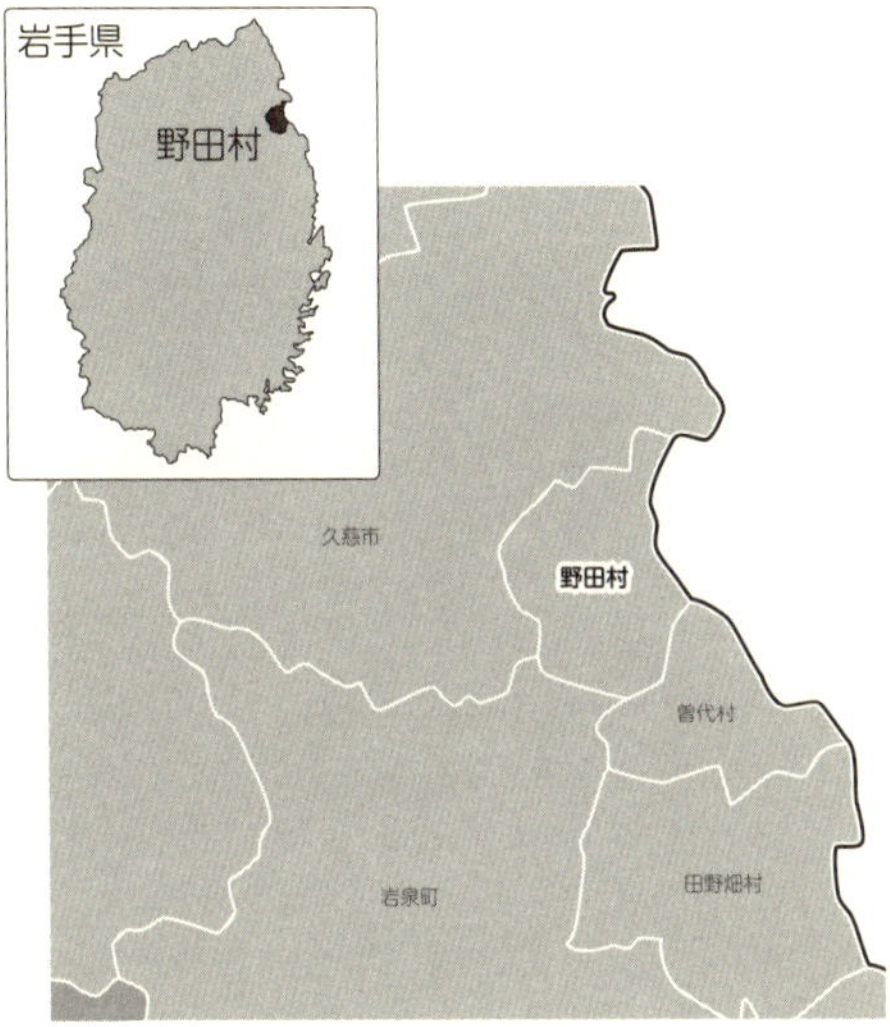

須知徳平

（すち　とくへい）1921～2009

岩手県生まれの作家、児童文学者。母の実家である紫波《しわ》郡紫波町で生まれ、盛岡市で育つ。戦後は教師となるが、1956年、創作活動を行うために上京し、2年後「南部牛方節」を発表。1963年には『春来る鬼』で第1回吉川英治賞を受賞した。また、ラジオドラマやジュニア向け小説のジャンルでも活躍した。

『春来る鬼』
講談社文庫／1989年

木地師妻

小林輝子

雛知らぬ山の子供にこけし挽く

木達磨に朱を塗る余寒《よかん》[★1] 夫と頒け

冬木選り木地師いよ〳〵無口なり

木の葉髪[★2]こけし一人と数へけり

夢の中まで雪降るや木地師妻

『句集 木地師妻』より

★1　余寒＝立春を過ぎても残る寒さ。春の季語。

★2　木の葉髪＝冬に近い頃に頭髪が多く抜けることを落葉にたとえたもの。冬の季語。

解説

俳句を作る傍ら、昔話なども聞き集めている作者。作者の夫は、和賀《わが》郡西和賀町で湯田こけしを作る職人として知られています。

湯田といえば、「はて知らずの記」で正岡子規が訪れたように、古くからの湯治場です。奥羽山脈山麓には、このような温泉が数多く存在し、かつては近在の農民がこぞって湯治に訪れていました。そして、そんな湯治客相手にこけしなどを作って売ったのが「木地師」と呼ばれる木工職人たちでした。

こけしはもちろん、木椀など均等な円形の木工製品を作るためには、轆轤《ろくろ》を使って木片を回転させながら加工してゆく必要があります。こうした製作方法は、かつて特殊技能と考えられていました。その特殊技能を持つ職人集団が、木地師と呼ばれる人々であったのです。

伝説によれば、木地師の祖は平安時代の惟喬《これたか》親王に遡るとされます。惟喬親王は、文徳《もんとく》天皇の皇子でしたが、近江国（現在の滋賀県）の小椋谷《おぐらだに》に隠棲していた際に、その木工技術を人々に伝授したのが創始だというのです。

史実であるかどうかは別として、木地師と呼ばれる職人集団が、この伝説を携え各地を渡り歩いたことは事実です。近江にいた木地師たちは、その後北陸から四国・九州、そして関東・東北に広がっていったとされます。

もともと木地師たちは、良質の木材を求めて移動するため、一定の場所に定住することはありませんでした。漂白の山の民として、農民とは異なる暮らしをしていたのです。

しかし明治を迎えると、国の政策はそうした暮らしを認めようとはしませんでした。やがて木地師たちは放浪することをやめ、定住するようになります。奥羽山脈にいた木地師たちも、やがてこけし職人として山麓の集落に居を定めたのでしょう。

湯田こけしは、宮城県の遠刈田系に分類される伝統こけし。その一つ一つを手作りする作者の夫はまさに木地師であり、作者はその誇るべき「木地師妻」なのです。

湯田こけしは、細めで真っすぐな胴に丸く大きな顔がのっているのが特徴。

小林輝子

（こばやし　てるこ）1934～

岩手県生まれの俳人。30代の頃、郷土の俳人、山崎和賀流の勧めで俳句をはじめ、句集『木地師妻』『人形笛』を発表。また、昔話をもとに、『そばがらじさまとまめじさま』『にぎりめしごろごろ』などの絵本を発表している。

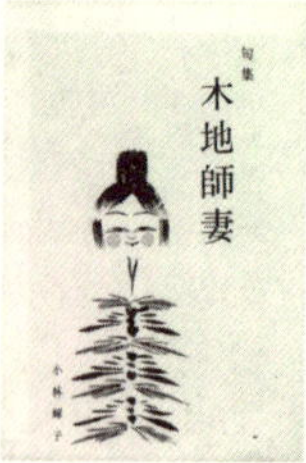

『句集 木地師妻』
私家版／1977年

三陸

清光館哀史

柳田國男

おとうさん。今まで旅行のうちで、いちばんわるかった宿屋はどこ。

そうさな。別に悪いというわけでもないが、九戸の小子内《おこない》の清光館などは、かなり小さくて黒かったね。

こんな何でもない問答をしながら、うかうかと三四日、汽車の旅を続けているうちに、鮫《さめ》の港に軍艦が入って来て、混雑しているので泊るのがいやになったという、ほとんと偶然に近い事情から、何ということなしに陸中八木の終点駅まで来てしまった。駅を出てすぐ前のわずかな岡を一つ越えてみると、その南の阪の下がまさにその小子内の村であった。

ちょうど六年前の旧暦盆の月夜に、大きな波の音を聴きながら、この淋しい村の盆踊りを見ていた時は、またいつ来ることかと思うようであったが、今度は心もなく知らぬ間に来てしまった。あんまり懐かしい。ちょっとあの橋の袂《たもと》まで行ってみよう。

実は羽越《うえつ》線の吹浦《ふくら》、象潟《きさかた》のあたりから、雄物《おもの》川の平野に出て来るまでの間、浜にハマナスの木がしきりに目についた。花はもう末に近かったが、実が丹色に熟して何とも言えぬほど美しい。同行者の多数は、途中下車でもしたいような顔付をしているので、今にどこかの海岸で、たくさんにある処へ連れて行って上げようと、ついこの辺まで来ることになったのである。

久慈の砂鉄が大都会での問題になってからは、小さな八木の停車場も何物かの中心らしく、たとえば乗合自動車の発著所、水色に塗り立てたカフェなどができたけれども、これによって隣の小子内が受けた影響は、街道の砂利が厚くなって、馬が困るぐらいなものであった。なるほど、あの共同井があってその脇の曲り角に、夜どおし踊り抜いた小判なりの足跡の輪が、はっきり残っていたのもここであった。来てごらん、あの家がそうだよと言って、指をさして見せようと思うと、もう清光館はそこにはなかった。

まちがえたくとも間違えようもない、五戸か六戸の家のかたまりである。この板橋からは三四十間、通りを隔てた向いは小売店のこの瓦葺《かわらぶき》で、あの朝は未明に若い女房が起き出して、踊りましたという顔もせずに、畠の隠元豆か何かを摘んでいた。東はやや高みに草屋があって海を遮《さえぎ》り、南も小さな砂山で、月などとはまるで縁もないのに、何でまた清光館というような、気楽な名を付けてもらったのかと、松本・佐々木の二人の同行者と、笑って顔を見合せたことも覚えている。

盆の十五日で精霊様のござる晩だ。活《い》きたお客などは誰だって泊めたくない。定めし家の者ばかりでごろりとしていたかったろうのに、それでも黙って庭へ飛び下りて、まず亭主が雑巾《ぞうきん》がけを始めてくれた。三十少し余の小造りな男だったように思う。門口で足を洗って中へ入ると、二階へ上れという。豆ランプはあれどもなきがごとく、冬のまま囲炉裏のふちに置いてあった。それへ十能《じゅうのう》に山盛りの火を持って来てついだ。今日は汗まみれなのに疎《うと》ましいとは思ったが他には明るい場処もないので、三人ながらその周囲に集まり、何だかもう忘れた食物で夕飯を済ませた。

そのうちに月が往来から橋の附近に照り、そろそろ踊りを催す人声足音が聞えて来るので、自分たちも外に出て、ちょうどこの辺に立って見物をしたのであった。

その家がもう影も形もなく、石垣ばかりになっているのである。石垣の蔭には若干の古材木がごちゃごちゃと寄せかけてある。真黒けに煤《すす》けているのを見ると、多分我々三人の、遺跡の破片であろう。いくらあればかりの小家でも、よくまあ建っていたなと思うほどの小さな地面で、片隅には二三本の玉蜀黍《とうもろこし》が秋風にそよぎ、残りも畠となって一面の南瓜《かぼちゃ》の花盛りである。

何をしているのか不審して、村の人がそちこちから、何気ない様子をして吟味にやって来る。浦島の子の昔の心持の、いたって小さいようなものが、腹の底から込み上げて来て、一人ならば泣きたいようであった。

何を聞いてみてもただ丁寧なばかりで、少しも問うことの答のようではなかった。しかし多勢の言うことを綜合してみると、つまり清光館は没落したのである。月日不詳の大暴風雨の日に村から沖に出ていて還らなかった船がある。それにこの宿の小造りな亭主も乗っていたのである。女房は今久慈の町に往って、何とかいう家に奉公をしている。二人とかある子供を傍に置いて育てることもできないのは可愛そうなものだという。

その子供は少しの因縁から引き取ってくれた人があって、この近くにもおりそうなことをいうが、どんな児であったか自分には記憶がない。おそらく六年前のあの晩には、早くから踊り場の方へ行っていて、私たちは逢わずにしまったのであろう。それよりも一言も物を言わずに別れたが、何だか人のよさそうな女であった婆さまはどうしたか。こんな悲しい目に出会わぬ前に、盆に来る人になってしまっていたかどうか。それを話してくれる者すら、もうこの多勢の中にもおらぬのである。

（中略）

今日は一ついよいよこの序《ついで》をもって確かめておくべしと、私はまた娘たちに踊りの話をした。今でもこの村ではよく踊るかね。

今は踊らない。盆になれば踊る。こんな軽い翻弄《ほんろう》をあえてして、また脇にいる者と顔を見合せてくっくっと笑っている。

あの歌は何というのだろう。何遍聴いていても私にはどうしても分らなかったと、半分独り言のようにいって、海の方を向いて少し待っていると、ふんといっただけでその問には答えずにやがて年がさの一人が鼻唄のようにして、次のような文句を歌ってくれた。

なにヤとやーれ
なにヤとなされのう

ああやっぱり私の想像していたごとく、古くから伝わっているあの歌を、この浜でも盆の月夜になるごとに、歌いつつ踊っていたのであった。

古いためか、はたあまりに簡単なためか、土地に生れた人でもこの意味が解らぬということで、現に県庁の福士さんなども、何とか調べる道がないかといって書いて見せられた。どう考えてみたところが、これぱかりの短かい詩形に、そうむつかしい情緒が盛られようわけがない。要するに何なりともせよかし、どうなりとなさるがよいと、男に向って呼びかけた恋の歌である。

ただし大昔も筑波山《つくば》のかがい★1を見て、旅の文人などが想像したように、この日に限って羞《はじ》や批判の煩わしい世間から、遁《のが》れて快楽すべしというだけの、浅はかな歓喜ばかりでもなかった。忘れても忘れきれない常の日のさまざまの実験、遣瀬《やるせ》ない生存の痛苦、どんなに働いてもなお迫って来る災厄、いかに愛してもたちまち催す別離、こういう数限りもない明朝の不安があればこそ、

はアどしょぞいな

といってみても、

あア何でもせい

と歌ってみても、依然として踊りの歌の調べは悲しいのであった。

一たび「しょんがえ」の流行節が、海行く若者の歌の囃《はや》しとなってから、三百年の月日は永かった。いかなる離れ島の月夜の浜でも、燈火花のごとく風清き高楼の欄干にもたれても、これを聴く者は一人として憂えざるはなかったのである。そうして他には新たに心を慰める方法を見出し得ないゆえに、手を把って酒杯を交え、相誘うて恋に命を忘れようとしたのである。

痛みがあればこそバルサム[★2]は世に存在する。だからあの清光館のおとなしい細君なども、いろいろとして我々が尋ねてみたけれども、黙って笑うばかりでどうしてもこの歌を教えてはくれなかったのだ。通りすがりの一夜の旅の者には、たとい話して聴かせてもこの心持は解らぬということを、知っていたのではないまでも感じていたのである。

『柳田國男全集2』より　抜粋

★1　かがい＝上代に男女が村のはずれなどに集まり、酒を飲んだり歌を詠みかわしたりして遊んだ行事。嬥歌。

★2　バルサム＝鎮痛剤。

解説

日本民俗学の父と称される作者。その作者が一九二〇年に三陸沿岸を訪れた際の紀行が『雪国の春』としてまとめられています。清光館は、そのときに宿泊した旅館。青森県境に近い沿岸部の種市町（現在の洋野町）小子内《おこない》という集落にありました。

作者が訪れたのは、ちょうど盆の時期でした。この地方では、盆になると変わった盆踊りが踊られます。作者が「なにヤとやーれ」という歌詞を紹介していますが、一般に「ナニャドヤラ」などと呼ばれる踊りです。

作者はこの盆踊りにたいへん興味をもち、のちに再訪することになるわけですが、そのとき既に清光館はなくなっていました。それが本作品に描かれた「哀史」となるわけです。

さて、作者が惹かれたナニャドヤラ。この奇妙な名称は歌詞に由来しますが、作者はこれを「何なりともせよかし」、つまり「どうにでもして」と解しました。これは祭りの日に、女性が好きな男性に向かって叫ぶ言葉だと考えたのです。

ところが、奇妙な説も現れました。この歌詞はヘブライ語であるというのです。ヘブライ語はユダヤの言語。ナニャドヤラの分布を見ると、北は青森県の十和田湖周辺にまで及んでいますが、その近くに「キリストの墓」と伝えられる墓があるのです。実はキリストは日本に来ていたという不思議な伝説が、その地でいつしか語られていたのです。その証拠にヘブライ語の歌が伝わっているというのが、ナニャドヤラだというわけです。この奇妙な説のおかげで、ナニャドヤラは当時話題となり、ほかにもいくつかの説が出されました。

真実はさておき、ナニャドヤラはとても勇壮な盆踊りです。太鼓役はお腹につけた大きな太鼓を打ち鳴らし、踊り役は美しい手振りで踊ってゆきます。そして近年では、踊りが終わればもう一つ楽しみが待っています。踊った人が参加できる、景品抽選大会。豪華景品を求め、連日ナニャドヤラを渡り歩く人たちもいるそうです。

柳田國男

(やなぎた　くにお) 1875～1962

兵庫県出身の民俗学者。少年時代から和歌や詩に親しみ、第一高等中学校時代には田山花袋、国木田独歩らと交流があった。1900年に東京帝国大学法科大学政治科を卒業して、農商務省に入る。その間、九州や東北を旅行し各地の伝承に興味をもって研究を進め、のちに民俗学を確立した。

『柳田國男全集 2』
ちくま文庫／1989年

金色の鹿

村上昭夫

金色の鹿を見た
金色の鹿を見たと言っても
誰もほんとうにはしてくれない

ぼくが頼りにならない少年だったから
ぼくのなかの目立たない存在なのだから
誰もそっぽを向いては
足早に行ってしまう

でもその山ならばたしかにある
みなが五葉山と呼ぶ山で
東は直きに太平洋で
広がる午前の雲を背に深く負いながら
あの鹿はどの方向へ向ったのだろう
そのことをどのように説いたなら
ぼくが分ってもらえるのだろう

鹿が死んでしまうと
ぼくのなかの宝珠が死ぬという
言い伝え
ぼくはそのことを
夕凪の便りのように聞いた筈なのに

『村上昭夫詩集』より

解説

作者は一九二七年、現在の一関市大東町に生まれました。戦前は大陸に渡って官吏をしていましたが、終戦とともにシベリア抑留。帰国後に結核を発病し、療養生活を強いられます。その療養中に俳句や詩を作るようになりました。

四十一歳で亡くなるまでに一冊だけ刊行した詩集が本作品の載る『動物哀歌』です。金色の鹿を見たのは、大船渡の盛町に住んでいた頃、少年の日の思い出なのでしょうか。

金色の鹿を見たという五葉山は、住田町・釜石市・大船渡市にまたがる北上山地の高峰です。五葉山には鹿がたくさん生息していました。しかし明治から昭和初期にかけての乱獲により、その数は激減します。そのため岩手県では鹿を保護する政策をとり、捕獲を禁じました。すると今度は鹿が増えだし、農作物に深刻な被害を与える始末に。何事もバランスが肝心というわけですが、現在では保護管理をしつつも、必要に応じて有害駆除も行っているという状況にあります。

この五葉山は、古来から信仰の山でもありました。山頂には五葉山日枝神社が祀られ、山麓である気仙地方には多くの里宮が点在しています。殊に大船渡市日頃市《ひころいち》と気仙郡住田町上有住《かみありす》に鎮座する五葉山神社は、それぞれ「東の宮」「西の宮」と呼ばれ、里宮を代表する存在として知られます。

またこの両社では、気仙大工の技術を見ることもできます。気仙大工とは、江戸時代からこの一帯に住んでいた大工集団。各地に出向いては、社寺や一般民家、そのほか建具や細工に至るまで高い技術に裏打ちされた成果を残しています。

こうした気仙大工が生まれた背景には、五葉山をはじめとする豊富な森林資源に恵まれたこともあるのでしょう。「気仙杉」と呼ばれる良質の杉が育つことでも有名です。

五葉山の登山コースにはツツジやシャクナゲが群生しており、それぞれの見頃の時期には多くの登山客が訪れる。

村上昭夫

（むらかみ　あきお）1927～1968

岩手県一関市生まれの詩人、俳人。1945年、中学校卒業後、官吏として満州に渡るも、臨時召集により現地で入隊。戦後は盛岡市の郵便局に勤めるが、結核を患い、病気がちな生活を送る。この頃より俳句や詩を活発に創作、1967年に発表した処女詩集『動物哀歌』で晩翠賞、H氏賞を受賞した。

『村上昭夫詩集』
思潮社／1999年

綾里村快挙録

片岡鉄兵

若者は、久し振りに帰って来た故郷の景色に眺め入った。

やがて船が港の桟橋に近づいた。

すると、黒々とつづく漁師の家が、陰鬱な影の中に浮き出て見えた。板を葺いた屋根の上に、無数の石を載せて、只一様に黒く燻った貧しい家々――それが若者の胸を打った。

あの漁師たちのために、若者、殿村賢治郎は帰って来たのであった。

「俺の故郷は暗い！」

船から眺めて、彼は眼鏡を光らせながら心で呟いた。

彼は村の商人の子で、小学校時代から秀才だった。遠野の中学を経て、盛岡の高等農林を出るとすぐ、群馬県の農林学校の教諭になった。

つい少し前に起った群馬共産党事件は、彼をひどく刺戟した。その頃の社会的状勢から考えると、そんな僅かな人間が、強勢な官憲を向うに廻して闘うと云うことは、無鉄砲極まる暴挙であるように誤解されやすかった。何故彼らは、不逞の徒と罵られながら、生命を賭してまで権力と闘わずに居られなかったか？　それは理想のための闘いだと、賢治郎はおぼろに解釈した。では、それほどまでに人を犠牲的ならしめ、熱情的ならしめるその理想は、何所から来るか？

それが、若い賢治郎にとって興味ある問題となった。やがて彼は、眼を瞠いて、周囲の現実を見るようになった。今までこれが現実だと教え込まれた現実とは、何とちがった世界に、彼は生きている事だったろう。

賢治郎は、今まで抱いていた、自分の故郷に対する考え方も、間違っていたのに気がついた。その前、休暇で帰った時、田浜にある父の家の隣りの入山茂平という漁師が次のような事を云った。

「何も彼も、表と裏とは大違いだ。表は綺麗でも、裏は滅茶滅茶なんだ。捕鮑組合がそうだ、三百二十株をみんなに分けた。漁業組合には交附金を出している――成程、表は綺麗だ、だが裏は――」

入山茂平は、漁師の中でも一番しっかりして、物もよく分り、人望もある中年の男だった。賢治郎はその茂平を思い出した。

賢治郎は、茂平に手紙を書いた。茂平から返事が来た。二度三度の手紙の往復から、賢治郎は教諭の職を擲《なげう》って故郷に帰ることを決心するようになったのである。

捕鮑組合の十年の年限は去年できれた。そこで、漁業組合長の村長は、何を考えたか。殆ど専断で、同村の商人、農民等々二百人を、漁業組合の中に入れた。理由は簡単だった。

「藻を一つ拾う者も、亦漁業者である」

そして、それらの商人、農民等の誰もが、俺は藻を拾ったことのない男だとは云わなかった。漁師たちも別に反対しなかった。どうせ今年からは十年の年限が切れて捕鮑組合は無くなるのだし、漁業家でもない者が組合に入って来たところで、痛くも痒くもならないのだから。それに、商人たちが、組合に入るのには一人前五円の入会金を取った。今、漁業組合に千円入るのはわるいことでもなかった。

然し、茂平はもっと深く物を考える男だった。

「二百人の新入組合員は、みな村長や局長らの廻し者だ。二百人の味方を入れた、彼奴らは多数の決議権を利用して、漁業組合に、もう一度鮑浜を売らせようと云う肚《はら》にちがいない」

茂平は考える通りを賢治郎に書いて送ったのであった。

その茂平が、暗い春の桟橋に、柔和な微笑を湛えながら、賢治郎を出迎えていた。まだ四十をすぎて間がないのに、帽子も被らぬ茂平の頭の薄い毛の底は赤く禿げかかって、日の光をチラチラ滑らせていた。

「今日からこの男が同志だ」

賢治郎は船から桟橋に飛び移った。

（中略）

賢治郎らが村に帰ると、漁師たちの気勢は頓《とみ》にあがった。小学校で演説会が開かれた。

「どんな事があろうとも、漁師は鮑浜を売ったのではない」

「漁師は過去十年の血の出るような苦しみを、忘れようたって忘れはせぬ！」

「彼奴らは、俺たちの血をすすり、骨をしゃぶった。俺たちが彼奴らを叩き付けてやるか、彼奴らが俺たちを餓死させるか？」

殺気は浦々に充ち溢れた。今はこの村の全住民が、陸手の資本家階級と、海の労働者階級との二つの階級にハッキリ相分れて、鋭く睨み合った。

県庁から役人が、山を越え、海を渡って村に来た。もはやとくに局長たちに買収されている水産課の技師の瀬川は、互助会の事務所になっている入山茂平の家を訪れた。

「君たちの云う事は分っているが、然し、君たちが飽くまで突張れば、この村の平和は永久に破れてしまう。そしたら、君たちの損でもあるから、此所はおんびんに手を引いて、一つ村の平和のために我慢した方が、好いではないか」

水産課の技師はそんな事を云った。

「漁師が餓死しなければ村の平和は来ねでがすか？」

柔和な微笑で茂平は其所まで云ったが、急に此奴も敵の廻し者だと思うと腹が立って、

「帰えれ！」と怒鳴った。もう斯うなれば何奴も此奴も、容赦することじゃねえ！

が、主務省から、捕鮑組合設立の許可は村に届いた。政府は、その土地の金持ちが、その土地の労働者を搾り取るための組織として、捕鮑組合などは至極結構だと云うのであろう。

「もう俺たちの味方は天下に何一つない。県庁も、政府も、裁判所も、代議士も、県会議員も、何も彼も、彼奴らの味方だ！」

だから、俺たちは誰をも頼まない、俺たちは俺たちの勝手にする……

「自由採鮑だ！」

漁師たちは鳴りをしずめて、鮑《あわび》の漁期の来るのを待ち設けた。


秋の色は太平洋の逞しい胸の上から褪せて行った。海はやがて黒々と引緊りながら、冬をその荒浪の上に乗せて来た。荒浪の下には、気味わるく笑うように、無数の鮑が口を開けていた。

十一月、鮑の漁期に入ると、漁師たちは今日か明日かと日和を待った。捕鮑組合は不安を感じて、半島の峠を四里越えた盛町の警察に電報を打った。

港の西手に、峠をおりて来る坂があった。或日、黒い制服を着た四五十人が、杉の並木の木の間がくれに、サーベルを白く光らせながら下りて来た。その黒い制服は、忽ち村の彼方此方に散って行った。やがて又、港浜の浪打ちぎわに密集した。それは恰も「自由採鮑やるなら、やって見ろ！」と、漁民たちに挑戦しているように見えた。

その二日後だった。機は熟したと告げるように、夜半から風は凪ぎ、海は漆で塗ったように光っていた。午前四時、やや白む空には星が溢れている。浦と浦とに伝令が飛んだ。石ころ浜に時々浪が白く泡立った。伝令は足を濡らして走って行った。

村のあらゆる浜から、船は舳《へさき》をそろえて浪打際をはなれた。小路浜から、石浜から、白浜から、田浜から——更らに、田浜の裏の岡を越えた所の野々前から——

互助会百四十八名、その家族を合せて三百人の海の男は、今は屋根に石を乗せた黒い家から、海の上に躍り出たのであった。それらの百艘の漁船は、あけ方の闇を破って湾を沖へ、沖へと漕いで行った。

けたたましい音がする。三隻の大きな発動機船だった。その三隻には、殿村賢治郎が率いる決死の警備隊が分乗していた。

湾の中ほどを、殆ど密集した隊形で、百艘の漁船が進んで行く頃、夜は残りなく明け渡っていた。

「オーイッ」

「しっかりやれよっ」

「はア、気持ちが好いでねえか」

船と船とが呼び交わす声は、鈍色《にびいろ》に光る海の上を、余音ながく渡って行った。三百人の漁夫は一斉に鮑を突き始めた。今日採る鮑は我が物と思えば、清新な感激がモリを持つ手に力を加えた。モリは、六間竿のさきに鋭く尖っている。その長い無数の竿が、乱舞する林のように動いた。水中眼鏡を鮑が睨み上げた。狙い定まって、竿は一瞬間静止する。忽ち突く、忽ち引き上げる。空高くモリの尖きに光る鮑、垂るる滴！　おお、誰に搾取されるのでもない労働の美しさ！

百艘は湾の出口を暫く一杯に塞いだ。いつの間にか湾を出はずれていた。と、次第に広い外海の上に、散り散りに拡って行く。海はやや大きくうねりを打った。モリの狙いが定まらぬ。長い竿の動く速度《テムポ》がちがって来る。が、そのテムポはすぐ元に戻った。再び、狙い馴れて、潑溂と動き始めた。ひろい漁場《りょうば》一杯に船はひろがりながら、百艘が縦横に入り乱れ、行き交うた。三艘の警備船は、湾の出口のあたりから、港を睨みながら、悠々と遊弋《ゆうよく》していた。

と、果して、港の桟橋に四十人の、黒い制服が、押し合うように走り出た。それは、板の上に黒豆をこぼしたように見えた。桟橋は制服に溢れて、押された一人が、海の中へ、水煙りをあげて落ち込んだ。

制服たちは、二艘の発動機船に分乗した。全速力！　黒豆を盛り上げたような二艘は、沖の漁船をめがけて、まっしぐらに走って来た。

「来たな！」

「やっ付けべ」

「鮑は採るのを止めるなら」

「ようしっ」

「彼奴らは、引受けた」

漁船と警備船との間で通信が交わされた。

警官の船は、次第に近づいて行った。すると、三艘の警備船は、陣を備えるように、警官の船の行く手に立塞がった。その三艘のふなばたには、何十人かの若者が肘を張りながら、ズラリと並んで此方を睨んでいた。赤黒い顔が、警官たちの真正面に、静止した弾丸のように並んだ。

警官隊の船は、第一と第二の警備船の間をくぐり抜けて、そのまま、沖へ出て行こうとした。その間に、第三の警備船が、艫《とも》をまわして、制服の船の行手に立塞っていた。制服たちの船は、右に折れた。すると、第一の警備船が、前の警官船の横腹に迫って来た。同時に、第二の警備船が、うしろの制服たちの艫に突きあたろうとした。

漁師たちは、制服共の船に飛び移って、腕力を振いたがっているのだが警官たちはそれを察した。察した時には、二艫の制服の船は、港をさして逃げ出していた。

「ハハハ、逃げ出しやがった！」

漁師たちはあとを、追おうともせずに笑った。誰が音頭を取るともなく、万歳の声が海の上にどよめき渡った。

『日本プロレタリア文学集・15 「戦旗」「ナップ」作家集(二)』より　抜粋

解説

作者は岡山県生まれ。大正末期に川端康成たちと新感覚派の文芸活動を始めましたが、やがてプロレタリア文学に目覚めます。その時期の作品の中でも評価が高いのが、本作品といえるでしょう。しかしある事件で投獄されると、転向を表明。以降は大衆小説などを書いて過ごしました。

本作品の主人公は殿村賢治郎。賢治郎には、野々村善二郎という実在のモデルがありました。作品中に描かれているように、野々村ら綾里《りょうり》の漁師たちは、アワビの漁業権をめぐって村長らが取り仕切る組合と全面対決。過激な行動ではありましたが、結果的に野々村らは投獄されたものの、アワビの自由な採集は守られました。

アワビ以外にも、三陸海岸は豊かな海の幸に恵まれてきました。三陸の沖合は、黒潮と親潮とがぶつかりあう優良な漁場。さらにワカメ・ウニ・ホタテ・ホヤ・カキなどの養殖も盛んです。

しかしその一方で三陸地方は、繰り返し津波被害にあってきた歴史があります。一八九六年には明治三陸沖地震津波が、一九三三年には昭和三陸沖地震津波、そして一九六〇年にはチリ地震津波が発生し、その都度甚大な被害をもたらしました。

津波が起こるたびに、人々は家を高台に移し、石碑を建てて注意を促してきました。また防潮堤を築くなど、その脅威から逃れるための努力を続けてきたのです。しかしそれでも二〇一一年に起きた東日本大震災に伴う津波は、膨大な犠牲者と被害をもたらしました。綾里地区でも、防波堤をも呑み込んだ大津波は、砂煙と波しぶきをあげながら猛獣の如く集落を襲ったといいます。

豊かな恵みをもたらす反面、時として荒れ狂う海。三陸沿岸の人々は、長い歴史の中でそんな海と向かい合ってきたのです。

片岡鉄兵

（かたおか　てっぺい）1894〜1944

岡山県生まれの作家。慶應義塾大学文学部仏文科を中退したのち教師、新聞記者などの職に就く。1921年、処女作「舌」が認められ、執筆活動に入る。その後、昭和時代に入るとナップ（全日本無産者芸術連盟）に参加するなどプロレタリア文学に傾倒、「生ける人形」「綾里村快挙録」といった作品を次々世に出した。

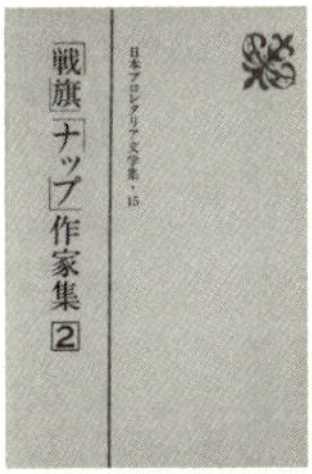

『日本プロレタリア文学集・15　「戦旗」「ナップ」作家集（二）』
新日本出版社／1984年

吉里吉里人

井上ひさし

古橋はその五冊の日本現代文学の吉里吉里《きりきり》語版を持って勘定場へ引き返した。途中、氷砂糖の袋が棚ざらしになっているのを見つけ、飴玉《あめだま》がわりに一袋買うことにした。

「書物が五冊で七百五十《ななひやぐごずう》イエン、氷砂糖《こおりざんど》が一《しと》袋で百《ひやぐ》イエン。し《す》めで八百五十イエンだねす」

古橋は五百円札一枚と五十円玉を七枚勘定台に並べた。すると老婆は、

「あいや」

白髪頭を横に振った。

「日本国の銭《じぇ》ンコは此処《ここ》では通用しねえんだっちゃあ。此処で通用すんのは『円貨』でねぐ『イエン貨』だすけ、国立銀行さ行《え》って円ばイエン貨さ替えでもらって来てちょうらいよ」

通貨まで日本国から独立している！　吉里吉里人たちの遣《や》り口はずいぶんと徹底している

ではないか。大いにおどろきながら古橋は氷砂糖と五冊の書物をそれぞれの棚に戻した。がそのとき、古橋は書棚の前の台の上に奇妙な刷り物を見た。西洋紙を五枚ばかり重ねてふたつに折り、ホチキスで綴じた小冊子であるが、これは活版刷だった。表紙にはこうあった。

『吉里吉里語四時間・吉日、日吉辞典つき』

著者はやはり吉里吉里国立中学校附属大学外国語学部日本語学科教授のユーイチ小松氏である。手にとって表紙をめくると第一頁、そこにはこの手の小冊子には珍しく「序文」などというものが麗々しく掲げられていた。

●序文

吉里吉里国《ちりちりこぐ》ど日本国《ぬっぽんこぐ》は、まンずはあ、どげな国よりも親《すた》すぐならねばねえ隣国同士《となりぐにどーす》でございます。んだども地理的《つるてぎ》にゃ一番近え隣国《えちばんちけーとなりぐに》だのに、一番《えちばん》ぎごちのねえ間柄《えーだがら》だ言《つ》う感ずコがすんのも事実《ずずづ》だごった。言《つ》うごどになっと俺達《おらだ》はお互《たげー》に理解《わがり》し合うために努めなくてはなんねえだ。それにゃ言葉ば習って、その言葉ば通《とー》してお互《たげー》の歴史《れぎす》どが文化どがば知《す》って民俗と感情ば理解《わが》するのが近道《つがみち》だごった。こう言《ゆ》うわげで今度《このたび》吉里吉里語の教科書が出来申《でぎも》したなあ大変《とん》な良《えー》ごどだど思《も》うし。

　この本は世界《せげー》で初手《しょで》の吉里吉里語の教科書だども、うまぐ仕上《しあが》ってってこった。この本ば書えだユーイチ小松先生《しぇんせ》の苦労は並大抵《なみたいてー》のごどではなかったすぺ。小松先生よ、こんど何日《えづ》か、このオカネ婆《ばっぱ》が一升買うがらねし。

　そげな理由《わげ》でこの本は吉里吉里国と日本国どの間《えーだ》のゴチャラゴチャラとした悶着ば綺麗《きれー》さっぱど拭き取って呉《け》っぺど俺《おら》ァ思《も》ってってこった。

　今回《こんけー》の俺達《おらだ》の母国《ざいしょ》の独立《げんぷく》で日本国がらは色々《だんだん》の人達が此処《ここ》さ来っことになっこったども、そん時《どぎ》ァ、この本、日本国の人さ役に立つすべ。

　俺《おら》みてえな婆《ばっぱ》が教科書の序文なん言《つ》うもんば書ぐなあおこがますいこったが、あんまり嬉《うれ》すがったもんで、禿《ち》びた鉛筆でごげな文章ば書《か》えだもんだったも。悪《わえ》く思《も》わねでおごやえ。

　吉里吉里国独立の年六月

駅前国営食堂の婆《ばっぱ》　オカネ杉本

この奇妙な序文を古橋が読み終えるのを待ちかねていたように老婆が言った。

「それば書くのに、俺ァ一晩まるまる夜明《よあが》ししたんだもねす」

「序文というものはなるべく偉い人に頼むのが常識なのにこの著者は変っているねえ」

「この吉里吉里にゃその偉《えれ》え人言《つ》うのが居《え》ねえのし。みんな人間、だれもかも似たり寄ったり。んだがら俺の所《どこ》さその序文ば書く仕事が廻って来たんでねえべが」

「というより、どうせこんなパンフレットなぞ売れやしない、売れないものにだれが序文を書いても同じことだ。この著者はそう思ったんじゃないのかな」

古橋は嫌味をひとつ軽く放ってその先を読みつぐ。その先は吉里吉里言葉ではなく日本語で書かれていた。


（中略）

●一時間目は理論を学ぼう

日本語をおはなしになるあなたがたはすでにご承知のとおり、わたしたちの吉里吉里国が日本国から分離独立する前までは、吉里吉里語はいわゆる〈方言〉のうちのひとつでした。もっといえばズーズー弁のうちのひとつでありました。さらにいえば最もいやしめられていた言葉でありました。まことにその蔑視《べっし》の歴史は古く長く、ほとんど日本国の成立と同時にはじまっています。

たとえば『万葉集』の巻一四には二三〇首の東歌《あずまうた》が記されておりますが、東歌という分類そのものが蔑視です。化外《けがい》の地の「あづま」の人間もこうやって歌を寄せてきている、どうだ、わが大和朝廷はたいしたものだろう。そういう意図がありありとみえます。方言という言葉がはじめて文献にあらわれるのは平安初期で、『東大寺諷誦《ふじゅ》文献』という、追善を僧侶に請うたさる貴族の文章のなかに、

「此国方言、毛人方言、飛騨《ひだ》方言、東国方言」

とあるのがそれです。此国方言とは中央方言のことで、毛人方言とはアイヌ語のことだろうと、学者の見解は一致しておりますが、この平安時代に東国方言に対する蔑視はいよいよはっきりしてくる。それは、

「いやしきあづま声したる者どもばかりのみ出で入り」（『源氏物語』東屋）

「あづまにて養はれたる子は舌だみてこそ物は言ひけれ」（『拾遺集』巻七）

「東鳫《アヅマノカリ》ノ鳴合《ナキアヒ》タル様《ヤウ》ニテ吉《ヨ》ク似《ニ》タルハ、心《ココロ》モ得ヌ事カナ」（『今昔物語』巻二八）

などを見れば一目瞭然でしょう。田舎、在郷、辺境。これらの代表が「あづま」なのです。

（中略）

この小冊子を手引きにして方言、すなわちズーズー弁のなかのひとつである吉里吉里語を学ぼうとなさっている日本国のみなさんに申しあげる、わたしたちにとって吉里吉里語は宿命なのです。父を、そして母を選ぶことができないように、わたしたちは自分の生れる土地の言葉を選ぶことはできません。標準語は人工のものであり、中央のある人びとの「意向」であり、徴兵命令や戦死通知や増産命令や減反命令を運んでくる樋《とい》にすぎなかった。しかし吉里吉里語はわたしたちにとって六月の長雨や八月の暑熱や十月の清冽《せいれつ》な大気や十二月の根雪や三月の雪どけと同じように自然現象なのです。田畠もなく百姓もいない東京の言葉で、田植どきの水田の泥のあの頼もしい温さを表現できましょうか。吉里吉里語で「ああ、なじょにもかじょにもぬるこいごどなあ」という言い方しかない。涼気といえば冷房機からの石油が原料の風しか吹かない東京の言葉で、灼熱の陽の下で三番除草の田を一枚終えて、畔《くろ》の木蔭で肌をひろげて呼び込むあの風の涼しさをどう言い現わすことができるというのか。吉里吉里語で「ああ、すずこいごど。極楽だっちゃ」という言い方しかない。手でいとおしむものといえばバーのグラスの底と麻雀《マージャン》のパイとパチンコのハンドルぐらいしかない東京の言葉で、十月の暮れ方、一日の収穫を終え飼馬の首を撫《な》でつつ帰るときのあのよろこびをどう語れというのか。吉里吉里語で「ああ、この馬コのめごこいごどなあ」としみじみ呟《つぶや》くしか方法はないのです。

わたしたちはもう東京からの言葉で指図をされるのはことわる。わたしたちの言葉でものを考え、仕事をし、生きていきたい。わたしたちがこの地で百姓として生きるかぎり、吉里吉里語はわたしたちの皮膚であり、肉であり、血であり、骨であり、つまりはわたしたち自身なのだ。わたしたちがわたしたちの言葉でものを考えはじめるとき、中央の指図とはまっこうからぶつかる。そのようなとき、これまでわたしたちは泣く泣く標準語や共通語に自分の頭を切りかえたのだった。しかしそれはもはや過去の語り草となった。百姓は百姓語によって生きていかなければならない、学者が舶来の横文字を支えに生きているように。吉里吉里人は吉里吉里語によって立たなければならない、政治家が「ワシハ、ダ」「ソレハ、ダ……」などの政談方言で立っているように。標準語や共通語と衝突するならば百姓語で、吉里吉里語で「うんにゃ、もはや後《あど》さは引けねがんべじど」と言い返すだけのこと、このたびの分離独立はじつにその「うんにゃ」の嚆矢《こうし》なのである。そして「うんにゃ」と答えたとたん、日本語が外国語になってしまったのであった。

●二時間目は音韻について学ぼう

一時間目の後半はすこし感情的になりすぎました。深く反省し、お詫《わ》びいたします。これからの一時間はずいぶんと頭を冷し、できるだけ客観的に吉里吉里語の音韻について説明いたしたいと思います。

人間の声とよく似た音を出すものにサキソフォンをはじめとする円錐《えんすい》管楽器群があります。これらは音の高さを管の長さで、音色をリードで決めます。一方、人間は声帯で声の高さを、口腔の形で音色を決めます。このように構造が似ているので、円錐管楽器群は人間に近い音を出すわけですが、さて、日本語の場合は「はっきり話す」が至上命令ですから、口腔の形をきっちりと決める練習をする必要があります。ところが吉里吉里語では「あいまいに」がもっとも大切です。ですからまちがっても、口腔の形をばっちりと決めて発音してみたい、などと意気込んではなりません。一が曖昧二も曖昧、三、四がなくて五が模糊模糊《もこもこ》、これが吉里吉里語音韻論のAにしてZ、すなわち大鉄則であります。では、ここで口の体操をしてから、各論へ移りましょう。

アエイウエオアオ

これをほとんど「ワァワァワァワァワァワーワーワーワー」としか聞えなくなるまで何回も繰り返してください。……

（中略）

「そのパンフレットは無料《ただ》だごったよ。何冊でも持ってって下《く》だいな」

序文の執筆者の声が背中でした。

「で、では、二部いただくことにしようかな」

古橋はもう一部取り上げて推し戴き、背広の袖ですばやく目を拭くと、足早やに購買部の書棚から離れた。この続きは戸外《そと》の、どこか人気《ひとけ》のないところで読むことにしよう……。

『吉里吉里人(上)』より　抜粋

解説

作者は山形県生まれですが、十五歳のときに仙台に移り、また大学を休学していた時期には釜石で働くなど、この地方には縁の深い作家です。

本作品は一九七〇年代に連載され、一九八一年に刊行された長編小説。岩手と宮城の県境付近にある寒村が、突如として「吉里吉里国」を名乗り日本から独立するという荒唐無稽なSFでありながら、東北地方が抱える様々な社会的問題を浮き彫りにした小説でもありました。

特に東北弁である吉里吉里の方言については詳しく語られ、その学習テキストが小説中に掲載されています。「國語元年」という戯曲では方言と標準語の問題を正面切って扱っているように、作者の多くの作品で方言が大きな位置を占めています。

明治以降の国語教育や、戦後のマスメディアの発達により方言が駆逐されてゆくことに対する危惧があったのでしょう。

吉里吉里国で「国語」とされる東北弁は、「ズーズー弁」などと呼ばれているように「し・ち・じ」と「す・つ・ず」との区別がありません。作品中のテキストでも、発音の曖昧さがポイントだと述べられています。

ただこうした共通性があるものの、当然ながら東北地方でも地域によって様々な差異はあります。岩手県内でも、旧南部藩領域と伊達藩領域、あるいは内陸部と沿岸部とで微妙に違ってくるのです。

ところで、本作の舞台である吉里吉里とはどこにあるのでしょう。作品中では、東北本線沿いに駅がある架空の地とされています。ただ三陸沿岸の上閉伊《かみへい》郡大槌《おおつち》町内に、この妙な地名は実在しているのです。

この小説が発表されると俄然注目を浴び、現地でも「独立宣言」をアピール。大勢の観光客が訪れ、村おこしに一役買いました。しかし残念ながら、東日本大震災の巨大津波はこの吉里吉里をも襲い、町並みを瓦礫に変えてしまいました。

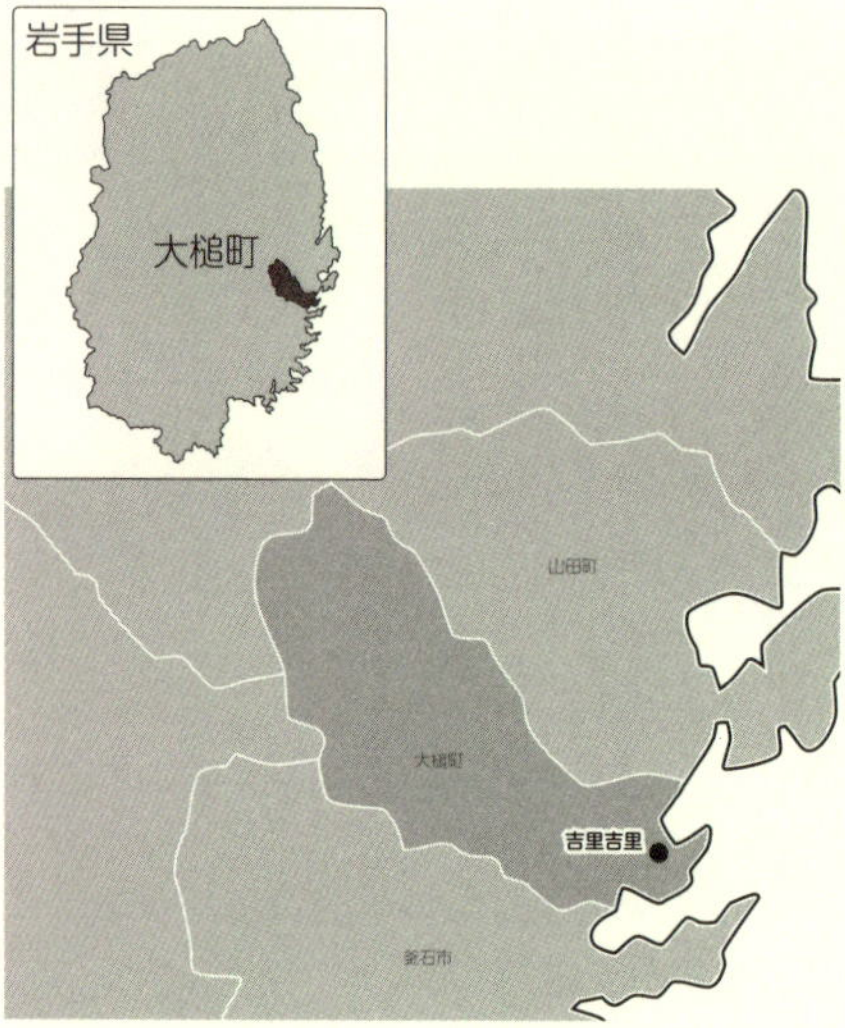

井上ひさし

(いのうえ　ひさし) 1934〜2010

山形県川西町生まれ。上智大学在学中より浅草の劇場に出入りし、戯曲やシナリオを書くようになる。卒業後は、放送作家として活動。1964年から山元護久と共に連続人形劇「ひょっこりひょうたん島」の台本を手がけ、劇作家としての地位を確立した。1972年、小説『手鎖心中』で直木賞を受賞。

『吉里吉里人（上）』
新潮文庫／1985年

農村

水牢

釈迢空

水牢さ這入つて　観念の目を閉ぢた。
何《ナア》も　悟《サト》れねえと言つて　出て来た　おれのぢい様
小貧乏《コビンボ》め。もつと　人間らしい事をだ。
ふてくされた言ひ分は　其からだ
娘を売つて――から　水牢だ。あゝ羨《ウラヤマ》しいなと言つたつけ――
水呑み百姓をよ

水しか呑めねえ?!　水でも　呑んでるでねえか。
おれたちは黙つてんだぞ。紋附《モンツキヨー》を　羽織つて

上からだ。そして　下からもだ。
しぼられる百姓は　手拭ひだ。雫《シヅコー》を啜る　水呑みめら

先祖代々　乗りつゞけて来たおだてに、
おれが乗ると思つたかよ。小貧乏《コビンボ》めら
爺様《ヂサマ》は宗五郎《ソウゴロ》に　なり損《ソコ》ねて、名主になりやつた。
おれは学者になつて、吐息《トイキ》づいてる

瘦せ馬に小《コ》づけ！　こて〳〵と　附加税！
少しは分け前も受けろよ。小貧乏め

税吏と　小貧乏め。小当りに懐を考へるちぼと。
悪態はよさないか。出すよ　出すよ

学問やめて　山へ還《カエ》ろと思つたりや。
村ぢや田地《デンチ》持ちなさろと言つた

学問よして　山めぐりせうや。
山の馬めに味噌嘗めさせて　まはるべいか

学問もふつゝり……。山の分教場へでも出ようか。

教員にも古過ぎる　おれだつけな
　　こんな人もある

村民にして貰つて　気がねする大教授。
村では　よりとりだと思つてる

◇

「響」をどんぶりに。電気ブラン★1　ツー。
朝飯代が残つて、それで　ひでえ生活か

『折口信夫全集　第廿二巻』より

★1　電気ブラン＝明治・大正期に流行した、ブランデー・ベースのカクテル。

解説

柳田國男とともに日本民俗学の基礎を築き、また国文学者として偉大な業績を残した折口信夫。詩歌を創作する際には、本作のように釈迢空の号を用いていました。

作者は日本の古典文学に精通していただけあって、そうした知識に裏打ちされた短歌を数多く生み出しています。しかし時としてこうした非定型の口語詩、それも方言を駆使した激しい詩もまた創り出しています。

本作が発表されたのは、一九三四年のこと。それ以前に作者は、東北地方を旅していました。昭和初期の東北は、大飢饉に見舞われていました。作者はそうした風景を見て、悲憤にかられたのでしょう。

もともと岩手をはじめ東北地方では、ひとたび冷害に襲われれば、膨大な数の餓死者を出すという歴史が繰り返されてきました。江戸時代には天明・天保と大飢饉が発生し、明治以降もそれが断続的に続いています。

特に一九三〇年から一九三四年にかけて発生した東北の大飢饉は、農村に壊滅的な被害を与えました。折からニューヨークのウォール街に始まった世界恐慌の波が日本経済をも襲い、昭和恐慌を引き起こしていた時代のことです。

農村では、養うことができなくなった娘を身売りに出す光景があちこちで見られました。こうした状況は、満州事変に始まる軍国主義台頭の背景にもなり、日本は坂を転げ落ちるように戦争へと突入してゆくのです。

本作は、貧しいとされる小作人ではなく、その上に立つ土地持ちの農家の叫びをうたっています。小作人と税吏との間に立たされる身としてのやりきれない思いを作者は聞いていたのでしょう。

「水牢」というタイトルは、腰あたりまで水に浸かった牢屋を意味します。かつて年貢を滞納すると、こうした水牢に入れられる刑罰があったそうです。座ることも横になることもできず、ただ身体が蝕まれてゆく。そんな過酷な刑罰を、作者はこの時代に重ね合わせたのでしょうか。

釈迢空

（しゃく　ちょうくう）1887～1953

本名は折口信夫。大阪府大阪市生まれの民俗学者、国学者で、歌人、詩人としては釈迢空と号した。少年時代から和歌に親しみ、國學院大学国文科卒業後、教職に就くかたわら『アララギ』の同人となる。のち、短歌、長歌、詩で高い評価を得た。また、民俗学でも独自の論を打ち立て「折口学」と呼ばれる。

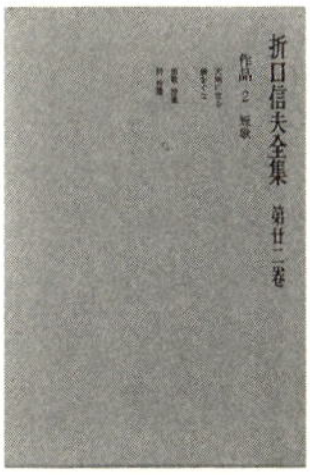

『折口信夫全集 第廿二巻』
中央公論社／1956年

山口部落

高村光太郎

山口山の三角山は雑木山。
雑木のみどりはみどりのうんげん★1。
ブナ、ナラ、カツラ、クリ、トチ、イタヤ。
山越しの弥陀がほんとに出さうな
ぎよつとする北方の霊験地帯だ。
山のみどりに埋もれて
下に小さな部落の屋根。
炭焼渡世の部落の人はけら★2を着て、

自給自足の田地をたがやし、
酸性土壌を掘りかへして
石ころまじりの畑も作りタバコも植ゑる。
部落の畑の尽きるあたり、
狐とマムシの巣だといはれる草場の中に
クリの古木にかこまれて
さういふおれの小屋がある。
山口山の三角山をうしろにしよつて
ススキの野原が南に七里。
夏の岩手の太陽は
太鼓のやうなものをたたきながら
秋田の方へゆつくりまはる。

『高村光太郎全集第三巻』より

★1　うんげん＝同系統の色を濃から淡へ、淡から濃へと層をなすように表す彩色法。繧繝。

★2　けら＝東北地方の方言で、農夫や漁夫が着た蓑のこと。

解説

作者は一八八三年、彫刻家高村光雲の長男として東京に生まれました。一九四五年空襲によって東京の自宅を失った作者は、宮沢清六を訪ねて花巻へと疎開しました。宮沢清六は宮沢賢治の弟です。しかし宮沢家もまた戦災を受けたために、稗貫郡太田村（現在の花巻市太田）山口にある小屋に移り住みました。

現在この小屋は、「高村山荘」の名で作者を偲ぶ記念館として公開されています。場所は、花巻駅から西へ向かった奥羽山脈の麓。「山越しの弥陀がほんとに出さうな」というのは仏教絵画に見られる「山越阿弥陀図」のことで、山の向こうに巨大な阿弥陀如来がぬっと出てくる、そんな幻想を抱かせるのでしょう。

阿弥陀如来はともかく、山荘からさらに西に山を分け入っていくと、志戸平《しどだいら》・大沢・鉛といった温泉群があります。かつて花巻駅からこの温泉場に向けて、花巻電鉄鉛線という小さな軽便鉄道が走っていました。作者もこの鉄道を愛したようで、「宮沢賢治の詩の中に出てくるやうな、夢の話みたいな可愛らしい電車」（「花巻温泉」）と書いています。

この鉛線は、道路に敷かれた線路を走るため、当初車両の幅を広くすることができませんでした。そのため、電車でありながら横幅が一・六メートルしかない超薄型の車両を走らせたのです。前から見るとひどく縦長に見えるため、つけられたあだ名が「馬面電車」。全体を見た印象から「ハーモニカ電車」とも呼ばれました。車内に入るとさらに狭く、わずか一・三メートル程度の両側にロングシートが並んでいます。向かい合って座れば膝と膝がぶつかってしまうので「お見合い電車」と言う人もあったようです。

一九六九年、この愛すべき小さな鉄道は廃止となりました。一両だけ残された馬面電車は、現在でも花巻駅近くの公園で見ることができます。

高村光太郎が晩年を過ごした山荘。ここで7年間農耕自炊の生活を送った。現在は、小屋の保護のため、外側にもう一回り大きな套屋が建てられている。

高村光太郎
(たかむら　こうたろう) 1883〜1956

東京都台東区生まれの詩人、彫刻家。父は彫刻家の高村光雲。東京美術学校(現在の東京藝術大学)に入学し、このころから彫刻だけでなく、俳句や短歌などの創作も始める。第二次世界大戦後は岩手県の山奥に小屋を建て、大自然の中でひっそりと暮らした。

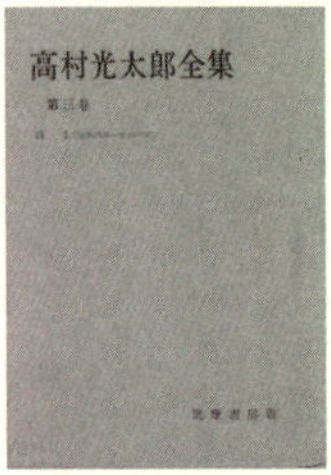

『高村光太郎全集第三巻』
筑摩書房／1958年

山風記

長尾宇迦

京子と正助が結ばれたのを、部落では、ごく当然のことのように迎えた。京子は部落の娘とはどこか違う気品があった。

「春芽《しゅんめ》コのようだ」と部落の誰もが桑の新芽に例えていった。

男たちが部落の習慣どおりに夜這《よば》いをかけても、いつも京子は起き直って灯をともし、もの悲しい眼差しで相手を見るので、手も足も出ない、まるで観音様があわれみをあたえている目だと噂があった。

そうした京子だから豆のサヤがはじけるような年頃になると、相手は正助しかないと決まったようなものだった。

正助は隠亡《おんぼう》屋の善助の伜だった。これも部落の男たちからみれば異端者に違いなかった。

小学校も飛びきりの一番で出たが、早くから母親がなかったので、家事もこまめにやり、酒も煙草もやらず、まして女遊びなどは眼中になかった。

収繭期になると部落の勘定方をひきうけ、てきぱきと仕事をはこんで信用も若いくせに、分教場の先生の次ぐらいにはあった。

顔も役者のように立派で、この部落は女でさえ毛深いのに正助が剃刀《かみそり》をあてているのを見た者がなかった。母親に似ていると皆はいったが、それでいて誰もその母親を見ているわけではなかった。

父の善助が、三十代のはじめに炭焼の焼子になって部落を出て行き、二三年すぎにふらりと部落に舞いもどって来た時に背にしていたのが正助だった。

山姥《やまうば》に生ませた子だという者もあったが、その頃、まだ生きていた善助の老母が葛粉《くずこ》で大切に育てあげた。

善助はよく正助を生んだ胎を問われたり責められたりしたが、遂にそれに触れたことはなかった。

善助の子ではないという者もでてきた。

善助は全くの無口でおそらく生まれた時も産声をあげなかったのではないかといわれるほどだった。

善助が、いつ頃から隠亡《おんぼう》をはじめたかわからないが、部落の死人の家からお使いがあると、その日は畑仕事も手につかないほど、機嫌がよかった。

焼場に酒の差し入れがあるからである。呑ん兵衛善コともいわれる飲みてで、隠亡の日は、酸味の強い地酒ではなく「澄み酒」が振舞われた。

正助も年頃になると、やはりそんな父親の仕事に情ない表情を見せることもあったが、それを口にしたことはない。

ある時、酔った部落の若い衆《し》が「隠亡の子、お前《め》も隠亡になるべエか」とからむと、「やるさ、お前さまを焼いてやるべ」と、はげしい口調で切りかえした。怖しいほど真剣な表情だったという。

正助が徴兵検査で甲種合格になった。この年の七月に蘆溝橋《ろこうきょう》事件が勃発《ぼっぱつ》し戦線は拡大されるようだった。正助は分教場主任の世話で京子と、八月のなかばに式をあげた。

淫靡《いんび》なこの部落には、生娘《きむすめ》はまずいなかった。一人の男がある娘の手柄話をすれば、芋蔓《いもづる》のように他の男もその娘のからだを語った。

だからこの二人の結婚は、いくらかの羨望《せんぼう》と軽蔑をうけていた。正助は式の夜、「うれしい気分が半分……」とだけいって、京子の手をきつく握った。温かい手だった。

「死にに行く者が嫁を貰うのは、罪悪だ」と、はじめからこの結婚には反対だったと話した。

京子は立場をうしなったようで、泣けてきた。母と弟の二人だけの家を出る時、「善《え》がった、えがった」と涙を流した母の顔が、目ににじんだ。

「どうか、お願いすっから、ここにおいてくんなエ」と京子は精一杯をこめていった。

正助はこっくりと頷いて、なにもせず、二人は手を握りあったまま寝《やす》んだ。これは九月に入営するまで続いた。

正助が奉公袋を持ち、紋付袴で部落を元気に出て行った。部落では、京子を誰も処女妻とは思っていなかった。

義父の善助は、話相手にもならない。相変わらず地酒を醸《かも》し、飲んでいた。

京子は上畑の実家から、蚕《こ》っコを貰ってきて掃立《はきたて》★1をはじめた。正助の家でも善助の母親が生きているうちはやっていたが、女がいなくなるとやめてしまった。

桑も根を掘るのが面倒で、そのまま残っている。京子はせっせと手入れをし、物置から古い蚕棚《かいこだな》を運び出して、独りで整えていった。

家計も大助りだが、なんとしても、心をそこに注いで正助を忘れることができた。

片時も忘れてはならない夫《ひと》だが、忘れなければ、やりきれなかった。

この部落は上畑と下畑に分れ京子は上畑に生まれ、育ったのだが、目の前の御嶽が、下畑から見るとこんなにも山容が変るのが不思議だった。

上畑の者が下畑を「陰《かげ》の野郎コ」というわけが、ここに住んでよくわかった。ちょうど下畑は擂鉢《すりばち》の底にあたるかたちで、陽が射しこむのがおそく、それもたちまち西側に落ちてしまった。住む人の表情も暗かった。

下畑の人になって半年めに正助から便りがあった。

差図どおり十二里歩いて遠野に出て汽車というものに乗り、花巻で軍用列車の窓から正助と二口、三口、ことばを交した。

「うれしい気分が半分」と結婚の夜のような口をきいて京子の目をたしかめるようにのぞいた。どこか以前の正助でないような男臭さを覚えた。

他の兵隊たちも固く厳しい表情だった。女が入ってゆける場合ではない張りつめた空気があった。

男とか女とか、そんなべたべたしたものではなく、はっきり男たちの世界だった。京子にも、死んでゆく者たちの気迫を感じないではいれなかった。正助が京子をきれいなままにしておくのではなく、正助自身がきれいに死んでいきたい気持が強いのではないかと、ふと思った。

京子は家に帰って御嶽に向って手を打った。

正助を小さい時から見守った山だから、きっと、これからも守ってくださるという、大きな安心があった。

京子が女の業《ごう》を思い知らされたのは、隣家の留シャンのお産の時だった。娘時代はそんな場所に立合うこともできなかったが、京子は一人の主婦として手助けをしなければならなかった。

手助けとは、産婦の枕元について、そのいきみ声に合せてうーむ、うーむと唸ってやることだった。京子にはそれは怖しい出来事だった。この留シャンは誰のために、こうしたひどいメにあっているのか。

「いやだアいやだア、オラ、やんだア」と留シャンは火がついたように叫んだ。

「どうしてやんだア」とおハナ婆ヶが、とりあげながらからかった。

「そらきた、出はったぞオ、頭が出はったぞオ」

「やんだアオラ、く、苦しいよう」

「ネズミに笑われっぞう、さんざ楽しんだくせしてよう、ネズミが天井から見てらっぞう」おハナ婆ヶの合図で、京子たちは、また唸って手助けをするのだった。

血まみれになった留シャンはようやく産み落して、大きな鼾《いびき》をかいて眠っている。嬰児《びっき》のはげしい泣き声がする。京子はめまいがした。留シャンの夫が産屋《うみや》に入ってきて、口笛を吹きながら直ぐ出ていった。

男と女のむつんだ結果がこうして女だけに、ひどい代償としてあらわれる。これは女だけが引きうける罰である。

おハナ婆ヶがいう「女と男は、七分三分というからのし、七分もいいめにあった女の方が、あとをひくのし……」と女が、そうしたメヽにあうのは当りまえといった顔が、どうしてもわからないのだ。

京子は留シャンの衰えた顔を、まともに見ることができなかった。留シャンが産後の肥立《ひだ》ちが悪く死にがえりをして、ようやく命だけはとり止めたが、独り笑いをしたり、人前で裾をはだけて見せたりして正常でなくなった。

兄サが、町場で遊びすぎた因果だという者もあった。

「この非常時にオラのことをカサカキだと触れやがって」と留シャンの夫は、どこかに怒鳴りこんだという話もあった。

戦地の正助から待っていた便りがあった。北支派遣《はけん》軍と書いてあり、太原《たいげん》という所の攻略に参加しているとあった。京子は、それを握って分教場に走った。主任が大きな掛図をひろげて、太原を示した。土色に塗りこめられた大陸の地図は、京子をどこか暗澹とした気持にさせた。

「正助君は、男をばあげたでア」と、老いた主任は、目をしばたいた。この部落から戦地に征《い》っている者は、正助だけだった。誇らしいものと、不安が京子を落着かせなかった。

「どうだべ、正助君は、子孫をおいて征かなかったべか」と京子の腹部を探るように見た。

「オラ知《す》らねエす」と京子は赤くなりながら、ほんとになにも私は知っていないのだと、胸にせかれるものがあった。

留シャンが御嶽に駈けこんだのは桑の新芽が出揃った頃だった。

その日の朝、留シャンは京子の家に、ふらふらと入って来て、乾いた声で、ひとしきり笑ったあと、「オラやんだてば、男アやんだてば」と口走って、京子をじっと目を剝《む》いて見た。正助を恋う心を見すかされたようで京子はどきりとした。

留シャンは嬰児《びっき》を殺していた。乳房で圧殺したものらしく、蛙のように、ながく手足をのばして死んでいた。ここらあたりでは、蛙をビッキという。嬰児もそれに似ているからビッキとよんだ。

留シャンはその騒ぎの中で、姿をくらませた。留シャンを山の口で見かけた者が呼びとめたら、いきなり草刈鎌を振りあげて向って来たので飛んで逃げて来たというのだった。

留シャンは狂いながらも男を呪い、やっとそれから逃れて自由になれるのは深い御嶽しかないと思ったのかもしれない。

『山風記』より　抜粋

★1　掃立＝孵化したばかりの蚕（毛蚕）を羽ぼうきで掃いて集め、蚕座へ移すこと。

解説

「川端君と盛岡」を書いた鈴木彦次郎は盛岡で文芸雑誌『北の文学』を発刊し、作家の育成に寄与しました。この雑誌は、多くの作家を輩出しますが、本作品の作者もまたそうした一人です。

長尾宇迦は岩手で高校の教員をしていましたが、この作品で第二回「小説現代」新人賞を受賞し、以後「山哀記」「山霧記」「山笛記」「山愛記」「山妖記」「山恋記」と、因習の中で暮らす人々をモチーフに描き出しています。

本作では遠野近在の集落が舞台となっていますが、作者はまた遠野出身の佐々木喜善を描いた「幽霊記——小説・佐々木喜善《きぜん》」で直木賞候補にまで挙がっています。佐々木喜善は自らも小説を書いていましたが、一方で郷里に伝わる様々な民話を採集していました。その集めた民話を喜善が語り、柳田國男がまとめた一冊こそ、本書でも後に登場する『遠野物語』です。

遠野物語は様々な妖怪が登場するファンタジックな面が強調される傾向がありますが、よく読めば陰惨な事件を扱った話も散見できます。例えば、精神に異常を来した息子が母親を惨殺してしまう話や、一家中が中毒死してしまう話。それに河童や狐などが登場する話も決して「むかしむかし」の話ではなく、少し前にどこの村の誰が体験した話として書かれています。

本作品もまた、そうしたリアルな遠野物語の延長にある小説だといえるのかもしれません。華やかな表向きの歴史ではありませんが、こうした世界もまた現実の歴史でした。作者はこのような埋もれた歴史を描き出すことを大切にしていたのでしょう。
作者が描いた佐々木喜善もまた、柳田國男の陰に埋もれた一人といえるのかもしれません。喜善は遠野物語刊行の後、郷里に戻って村長まで務めましたが、病と多額の負債を抱え、四十六歳で亡くなっています。

長尾宇迦
(ながお　うか) 1926〜

中国・大連生まれの作家。國學院大学卒業後、盛岡市の高校で教員となる。同人誌『東北文脈』を発行し、「花園殿始末」「野の人伝」などの小説を発表。1971年に退職し、執筆活動に専念。歴史に題材をとった小説も「西行法師 北行抄」や「戊辰秘策—小説・輪王寺宮公現」のほか、多数世に出している。

『山風記』
講談社／1971年

奥羽山系

山崎和賀流

しばらくを川風受くる柩舁

雪捨つる月日を妻と重ねけり

奥羽山系襞の深雪を終の地に

屋根にまで犬の来てゐる雪卸

ししうど[★1]枯れ間引子の墓風まかせ

『句集 奥羽山系』より

★1　ししうど＝山地に自生するセリ科の多年草。

解説

岩手県は、北海道に次いで日本第二位の面積を誇る都道府県です。ただしその多くを森林が占めており、東に北上山地、西に奥羽山脈が並行するように南北に走っています。

西側の奥羽山脈は日本海側の気候の影響を受け、特に冬期の豪雪で知られます。岩手県内では北から八幡平、岩手山、真昼山地、そして宮城県境の栗駒山と高峰が並んでいます。

このうち真昼山地という名はあまりなじみがありませんが、一四四〇メートルの和賀岳を主峰とした山塊。岩手県側では和賀郡と呼ばれる地域に含まれます。

作者の俳号もこの「和賀」に因んでいるのでしょう。作者が生まれたのは、和賀郡湯田村（現在の西和賀町）。湯田温泉峡の中心地、湯本にある菓子屋でした。湯本といえば「はて知らずの記」に書かれているように、正岡子規が投宿した地です。

この子規が来たという事実は、この地に住む人々に大きな影響を与えました。「木地師妻」の小林輝子もまた、湯田温泉峡で俳句を作る一人です。

一九三八年生まれの作者もまた、中学校時代に国語の教師から手ほどきを受け、俳句を作るようになっていました。

中学を出た後は北上で菓子職人の修業を積みながら、俳句の会にも属し創作に熱中します。修業を終えると郷里に戻って菓子店を営みつつ、俳句を作り続けました。

やがて俳誌『濱』で「濱賞」を受賞。さらにこの「奥羽山系」で角川俳句賞も受賞。作者の俳句は、風土に根ざした作品として大きな評価を受けました。

さらに将来が期待されましたが、三十五歳にして急逝。

現在、湯本温泉にある句碑公園には、子規とともに作者の句碑も建てられています。また湯本温泉は「俳句の里」として多くの愛好者が訪れており、俳句大会なども開かれています。

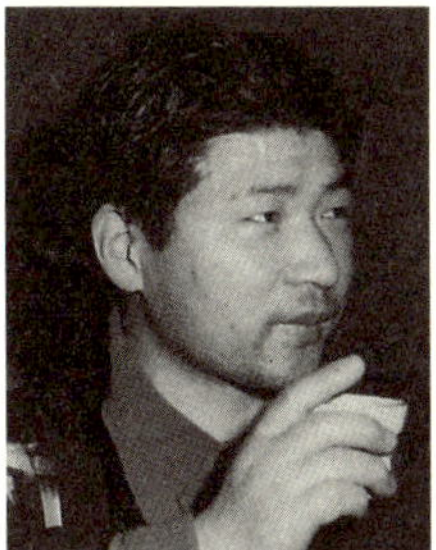

山崎和賀流

（やまざき　わがりゅう）1938〜1974

岩手県和賀郡西和賀町生まれの俳人。西和賀町は湯本温泉があることで知られ、家は菓子店を営んでいた。中学時代、国語の教師に教えを受け句作を始める。卒業後、製菓職人の修業を経て菓子店を開く。並行して生まれ故郷の風土を詠んだ句を発表し、将来を嘱望されたが、35歳の若さで逝去した。

『句集 奥羽山系』
私家版／1977年

陸中早池峯山

岡野弘彦

若者の多くは家を離れゆき乏しき村をうづみくる雪

昏れてなほ遊び惜しめる村の子の散りゆく道にわれはたたずむ

客のゐる心をどりにいつまでも眠らぬ子らの頬の霜荒れ

吹雪きくる望《もち》の夜　山にいであそび人を誘《おび》きてゆく雪女

雪はやく到りし山のきびしさは道にみだるる猪《しし》、鹿の跡

熊の跡まだあたらしき沢に入りて息ざし荒くなりくるを耐ふ

人恋ふる心となりて歩みをり家を厭《いと》ひてこし雪の山

『滄浪歌』より

解説

作者は一九二四年、三重県生まれの歌人。宮中で行われる歌会始の選者を務めていたことでも知られます。

本作の舞台とされる早池峰《はやちね》（峯）山は、北上山地の最高峰。古来、信仰の山として尊崇を集めてきました。この山の西の登り口として栄えてきたのが、花巻市大迫町《おおはさま》岳《たけ》にある早池峰神社です。近世までは妙泉寺という寺院で、岳の集落は、参詣に来た人々が泊まる宿坊が軒を連ねていました。

その宿坊を営む人々の間で伝えられてきたのが、今やユネスコの「無形文化遺産」にまで登録された早池峰神楽です。岳から麓に下ったところにある大償《おおつぐない》という集落にも同様の神楽が伝えられており、それぞれ「岳神楽」「大償神楽」とも呼ばれます。

この神楽が魅力的なのは、何といってもダイナミックな舞。アップテンポなリズムと軽快な足さばきは、見ている者を興奮させます。「山伏神楽」の名でも呼ばれるように、元々は修験道の山伏たちが伝えた芸能でした。山を行く者だからこそ足腰が鍛えられており、こうしたハードな神楽を演じることができたのかもしれません。

この早池峰神楽は、昭和初期までは冬の間に早池峰山麓の村々を回って演じることを生業としていました。神楽の一行は村を訪れると、まず「権現様」と呼ばれる獅子頭を奉じて全戸を回ります。そして夜になると宿を決め、その家の座敷で様々な舞を演じました。

いまだテレビがなかった時代、こうして回ってくる神楽を、村の人々は楽しみにしていました。経済的には貧しい地域でしたが、このように豊かな文化が根付いていたことは事実なのです。残念ながらこの慣習は絶えてしまいましたが、現在でも早池峰神社の例大祭をはじめ、様々な機会にこの神楽を楽しむことができます。

標高約1914mの早池峰山。山頂付近には巨大が奇岩が露出する。平安時代の初め頃から山伏修験者が集まる信仰の山として栄えたと伝えられる。

岡野弘彦

(おかの　ひろひこ) 1924～

三重県津市生まれの歌人、国文学者。國學院大学文学部在学中に折口信夫(釈迢空)が主宰する短歌結社・鳥船社に参加。折口の死後は『折口信夫全集』の編纂に力を尽くすとともに、國學院大学で教鞭をとった。歌集に『滄浪歌』『海のまほろば』等。数多くの評論や随筆も発表している。

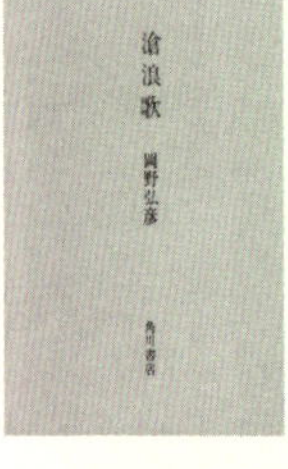

『滄浪歌』
角川書店／1972年

異世界物語

遠野物語

柳田國男

一　遠野郷《とうのごう》は今の陸中上閉伊《かみへい》郡の西の半分、山々にて取囲まれたる平地なり。新町村《しんちょうそん》にては、遠野、土淵《つちぶち》、附馬牛《つくもうし》、松崎、青笹、上郷《かみごう》、小友《おとも》、綾織《あやおり》、鱒沢《ますざわ》、宮守《みやもり》、達曽部《たつそべ》の一町十ヶ村に分つ。近代或は西閉伊郡とも称し、中古には又遠野保《とうのほ》とも呼べり。今日郡役所の在る遠野町は即ち一郷の町場《まちば》にして、南部家《なんぶけ》一万石の城下なり。城を横田城《よこたじょう》とも云ふ。此地へ行くには花巻《はなまき》の停車場にて汽車を下り、北上川《きたかみがわ》を渡り、其川の支流猿《さる》ヶ石川《いしかわ》の渓《たに》を伝ひて、東の方へ入ること十三里、遠野の町に至る。山奥には珍らしき繁華の地なり。伝へ言ふ、遠野郷の地大昔はすべて一円の湖水なりしに、其水猿ヶ石川と為りて人界に流れ出でしより、自然に此の如き邑落をなせしなりと。されば谷川のこの猿ヶ石に落合ふもの甚だ多く、俗に七内《ななない》八崎《やさき》ありと称す。内《ない》は沢又は谷のことにて、奥州の地名には多くあり。

二　遠野の町は南北の川の落合《おちあい》に在り。以前は七七十里《しちしちじゅうり》とて、七つの渓谷各七十里の奥より売買《ばいばい》の貨物を聚《あつ》め、其市《いち》の日は馬千匹、人千人の賑《にぎ》はしさなりき。四方の山々の中に最も秀でたるを早池峯《はやちね》と云ふ、北の方附馬牛《つくもうし》の奥に在り。東の方には六角牛《ろっこうし》山立てり。石神《いしがみ》と云ふ山は附馬牛と達曽部《たっそべ》との間に在りて、その高さ前の二つよりも劣れり。大昔に女神あり、三人の娘を伴ひて此高原に来り、今の来内《らいない》村の伊豆権現の社ある処に宿りし夜、今夜よき夢を見たらん娘によき山を与ふべしと母の神の語りて寝たりしに、夜深く天より霊華降りて姉の姫の胸の上に止りしを、末の姫眼覚めて窃《ひそか》に之を取り、我胸の上に載せたりしかば、終《つい》に最も美しき早池峯の山を得、姉たちは六角牛と石神とを得たり。若き三人の女神各三の山に住し今も之を領したまふ故に、遠野の女どもは其妬を畏れて今も此山には遊ばずと云へり。

（中略）

一四　部落には必ず一戸の旧家ありて、オクナイサマと云ふ神を祀《まつ》る。其家をば大同《だいどう》と云ふ。此神の像は桑の木を削りて顔を描き、四角なる布の真中に穴を明け、之を上より通して衣裳とす。正月の十五日には小字中《こあざじゅう》の人々この家に集り来りて之を祭る。又オシラサマと云ふ神あり。此神の像も亦同じやうにして造り設け、これも正月の十五日に里人集りて之を祭る。其式には白粉《おしろい》を神像の顔に塗ることあり。大同の家には必ず畳一帖の室《しつ》あり。此部屋にて夜寝る者はいつも不思議に遭ふ。枕を反すなどは常のことなり。或は誰かに抱起され、又は室より突き出さるゝこともあり。凡《およ》そ静かに眠ることを許さぬなり。

（中略）

一七　旧家にはザシキワラシと云ふ神の住みたまふ家少なからず。此神は多くは十二三ばかりの童児なり。折々人に姿を見することあり。土淵村大字飯豊《いいで》の今淵勘十郎と云ふ人の家にては、近き頃高等女学校に居る娘の休暇にて帰りてありしが、或日廊下にてはたとザシキワラシに行き逢ひ大に驚きしことあり。これは正しく男の児なりき。同じ村山口なる佐々木氏にては、母人ひとり縫物して居りしに、次の間にて紙のがさく〳〵と云ふ音あり。此室は家の主人の部屋にて、其時は東京に行き不在の折なれば、怪しと思ひて板戸を開き見るに何の影も無し。暫時《しばらく》の間坐りて居ればやがて又頻《しきり》に鼻を鳴す音あり。さては座敷ワラシなりけりと思へり。此家にも座敷ワラシ住めりと云ふこと、久しき以前よりの沙汰なりき。此神の宿りたまふ家は富貴自在なりと云ふことなり。

一八　ザシキワラシ又女の児なることあり。同じ山口なる旧家にて山口孫左衛門と云ふ家には、童女の神二人いませりと云ふことを久しく言伝へたりしが、或年同じ村の何某と云ふ男、町より帰るとて留場《とめば》の橋のほとりにて見馴れざる二人のよき娘に逢へり。物思はしき様子にて此方へ来る。お前たちはどこから来たと問へば、おら山口の孫左衛門が処から来たと答ふ。此から何処へ行くのかと聞けば、それの村の何某が家にと答ふ。その何某は稍《やや》離れたる村にて、今も立派に暮せる豪農なり。さては孫左衛門が世も末だなと思ひしが、それより久しからずして、此家の主従二十幾人、茸の毒に中《あた》りて一日のうちに死に絶え、七歳の女の子一人を残せしが、其女も亦年老いて子無く、近き頃病みて失せたり。

『遠野物語』より　抜粋

解説

花巻と釜石とを結ぶＪＲ釜石線の中間にある町が遠野です。北上山地の中に広がる盆地として、また三陸と盛岡とを結ぶ街道の中継地点として栄えてきました。

その遠野に伝わる民話を遠野出身の佐々木喜善《きぜん》が採集し、それを柳田が聞きまとめたのが本書です。「願はくは之を語りて平地人を戦慄せしめよ」と序文に記されているように、様々な怪異譚が数多く載せられています。

今回の抜粋部分で何といっても興味深いのは第十七・十八話のザシキワラシでしょう。ザシキボッコ、クラボッコなどとも呼ばれますが、妖怪として有名になったためにその概要はよく知られています。基本的には子どものスタイルで、家にいればその家は栄えますが、もし出て行ってしまえば途端に没落してしまう。そうした共通性が語られます。

第十八話は、ザシキワラシが出て行った家の家族が茸の毒によって、少女一人を残し全員中毒死するという痛ましい事件が記されています。この後、第二十一話まで、それに関する経緯などが細かに綴られてゆきます。

このように出て行かれると悲劇ですが、いる間は家を繁栄させてくれるわけですから、ザシキワラシとはもともと家の守り神ではないかと考えるのが妥当なようです。

神さまといえば、第十四話にはオクナイサマという神さまも登場しています。かつての日本では、こうした様々な神さまが意識されており、神さまと妖怪との境界も曖昧であったことが窺えます。

ただザシキワラシに関しては、ほかにも育てることができないために間引かれた(殺された)赤子の霊だとする説や、河童であるという説もあります。そうした様々な怪異譚が入り混じって、ザシキワラシ像というものができあがっていったのでしょう。

遠野をはじめ岩手では、現在でもなおザシキワラシに会ったという話を、時おり耳にすることができるのです。

柳田國男
(やなぎた　くにお) 1875〜1962

兵庫県出身の民俗学者。少年時代から和歌や詩に親しみ、第一高等中学校時代には田山花袋、国木田独歩らと交流があった。1900年に東京帝国大学法科大学政治科を卒業して、農商務省に入る。その間、九州や東北を旅行し各地の伝承に興味をもって研究を進め、のちに民俗学を確立した。

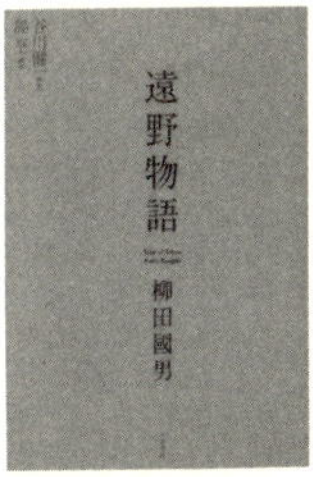

『遠野物語』
大和書房／1972年

いじわるな町

柏葉幸子

ミキちゃんを玄関《げんかん》まで送って出たユキは、茶の間へ入った。茶の間では、おばあちゃんがひとりでお茶をすすっていた。おばあちゃんはユキを見ると、

「あのユキの友だちは、三年小路《さんねんこうじ》へいけないいんだって?」

と、眼鏡《めがね》をずりあげる。目はちょっと弱ったものの、七十歳《さい》をすぎても、耳も口も頭もたっしゃなおばあちゃんだ。

「そうなの。玄関で話してたことききこえたの? ほんとに、耳がいいんだから」

おばあちゃんのとなりに足を投げだしてすわったユキのおしりに、おばあちゃんの手がぴしゃりととんできた。

「だって、正座《せいざ》していると、すぐに足がしびれるんだもの」

「慣れりゃ、どうってことなくなるんだよ」

ぐずぐずしているユキのおしりに、またおばあちゃんの手《て》がとんでくる。

ユキがしぶしぶ足《あし》を折《お》りたたんでいると、

「そんなことより、さっきの子はなんていったっけねえ」

と、おばあちゃんは話をもとにもどす。

「ミキちゃんよ。ほら、このまえわたしが、三年小路の木綿屋《もめんや》さんで、エプロン買ってきたでしょ。ミキちゃんも、あんなのがほしいっていうから、なんども道順を教えてあげたんだけど、どうしても三年小路へいけないんだって。おまわりさんにきいても、だめなんだって。ミキちゃん、方向音痴《おんち》なんかじゃないはずなんだけどね。それで、わたしがこんどの土曜日に、いっしょにいってあげる約束《やくそく》したとこなんだ」

「あのミキちゃんって子は、この町の生まれじゃなかったんじゃないかい。つい最近、おまえと友だちになった子だったよね」

おばあちゃんは、ユキの湯《ゆ》のみ茶碗《ちゃわん》にも、お茶を入れてくれる。

「つい最近っていっても、高校になってすぐ転校してきたのよ。もう二年もまえのことよ」

ユキがそう答えると、

「それじゃ、あの子は、しばらくはひとりで三年小路へいけっこないよ」

と、おばあちゃんは、合点《がってん》したようになんどもうなずいた。

「どうして？」

ユキがけげんそうに頭をふりあげた。

「だって、おまえ、三年小路だよ」

おばあちゃんは、あたりまえだというように、すましてお茶をすする。

「どういうことなの？」

「あの小路は、この町に三年以上住みついている人間じゃなきゃ、入れてくれないんだよ」

「そんな！　そんなことあるはずないわ」

ユキは、小さな木綿屋さんや、ざる屋さんや、色のさめたのれんを出しているそば屋さんが、木造の古い住宅のあいだにうもれたようにならんでいる三年小路を思い起こした。そんなふしぎな小路のはずがない。どこの町にでもあるような、ほこりっぽい、静かな通りだ。

「それが、あるんだよ。ユキのことだもの、ていねいに教えてやったんだろう？　どんな家の角を曲がるかとなったら、その家の門構えから、植木の形、ねこのことまで教えてやったにちがいないもの」

おばあちゃんがにやりと笑って、ユキの顔をのぞきこむ。ユキはちょっとふくれたが、しぶしぶうなずいた。

ユキは、いつもひとことふたこと、かならず多いと、家族の者にいわれている。でも、だからこそていねいに、ミキちゃんに三度めに教えるときには、地図まで書いてあげたのだ。その地図には、一軒《けん》一軒のようすまで書きこんだ。なのに、それでもミキちゃんが三年小路へいけなかったというので、ユキ自身もへんだなとは思っていたのだ。

「ほんとうに、三年小路って、そういうところなの?」

「そうだよ。ユキは生まれてから、ええと、十八年間、ずうっとこの町で暮《く》らしているんだから、たいていのところへは、ひとりでいけるだろうけどね」

「そりゃいけるわ。だれだっていけるんじゃ――、ないの? ないのね。この町には、そういうふしぎなところがほかにもあるの?」

ユキは目を丸くして、口をぽかんとあけてしまった。おばあちゃんは、まじめな顔でうなずいた。

「だって、そんなの初耳よ。いままでだれも教えてくれなかったじゃない！」

ユキの声が大きくなった。

「だれだって、自分の生まれた町の悪口なんていいたくないもんだよ」

「悪口？」

「そうじゃないか。三年住んでなきゃ入れてくれない小路があるなんて、ほかの町の人がきいたら、なんていじわるな町だろうって思うにきまってるだろう」

おばあちゃんは、ふうっとため息をついた。

「そりゃ、いじわるだと思うわよ。わたしだって、いまそう思ったもの。でも、ほんとうにこの町って、そんなふしぎな町なの？　どうして、そんな小路があるの？　お父さんたちや、町のほかの人たちは知ってるの？」

「そう『どうして？　どうして？』ときかれてもねえ。わたしだって知らないんだよ。わたしが物心ついたころには、もうそうだったんだから――。お父さんやお母さんたちは知らないね。そうだねえ、いまは知らないでいる人のほうが多いだろうね。ふしぎだと思わなきゃ、そのまま暮らしていけるんだもの」

おばあちゃんは、庭の日かげにまだ残っている雪に目をやると、思いだしたように、眼鏡をはずしてキュキュとふきだした。

ユキは、この町の地名を思いだしはじめた。そういわれてみれば、この町には年数のついた地名がたくさんある。

「わたしがまだひとりでいけないところが、この町にあるかな？　前九年町《ぜんくねんちょう》へはひとりでいけるわ。そうか、わたしは十八だから、だいじょうぶなんだ。二十年坂《にじゅうねんざか》は？　あそこは、まだむりかな？　あれっ、でも、わたし、あそこへは、いったことがあるわよ。一度だったけど――」

ユキは、古いお寺のわきにある急な坂道を思いだした。

「だれか、年上の人といっしょだったんじゃないのかい？」

おばあちゃんが首をかしげる。

「そう。トシおじちゃんといっしょだった。こっちが近道だっていって――。そういえば、いつだったかひとりで、こっちに近道があったはずだと思っていったことがあるんだけど、見つからなかったんだ。あのときは――」

「道に迷ったと思ったんだろう？」

ユキはうなずいた。そして、

「それじゃあのとき、わたし、二十年坂にいじわるされたんだ！」

ユキはぷっとふくれてしまった。

「そうら、ごらん。なにも知らなきゃ、ただ道に迷ったとしか思わないんだよ」

おばあちゃんは、そんなユキを見て、くすくす笑っている。

『エバリーン夫人のふしぎな肖像』より　抜粋

解説

作者は宮古生まれで花巻育ち。盛岡に住み、薬剤師をしながら多くの児童文学作品を生み出してきました。デビュー作『霧のむこうのふしぎな町』は、日本児童文学者協会新人賞を受賞しました。その作品で描いたのは、東北を訪れた主人公が迷い込んでしまう、不思議な町の存在。

本作でも、一定期間そこに住んでいなければ行くことのできないという不思議な場所が登場してきます。こうしたパラレルワールドのような存在は、SFやファンタジー小説によく見られるモチーフですが、実は東北の伝統的な民話の中にも見られるのです。

『遠野物語』にも登場する「マヨヒガ（迷い家）」という存在で、里人が山を訪れたときに偶然迷い込んだ先に立派な家が建っているというものです。そこでは鉄瓶の湯が沸いていて、たった今まで人がいたような形跡があるのですが、誰にも会うことはできません。もしここから椀の一つでも持ち出して帰ると、その人は裕福になることができるという共通性があります。

また似たような民話に「隠れ里」もあり、これは偶然迷い込んだ山中にユートピアが広がっているという物語となります。こうした話の背景には、里人にとって山が一種の「他界」と考えていたことがあるのでしょう。

「いじわるな町」は山ではありませんが、もしかしたらそうした不思議な空間を感じる心は、岩手で生まれ育った作者だからこそ芽生えていたのかもしれません。

もう一つ、この物語で重要なのは、それがおばあさんから孫へと語られていること。仕事が忙しく子どもに構っていられない親に代わって、おばあさんが孫たちに昔話を語って聞かせるという伝統的な構図と、まさに一致しています。

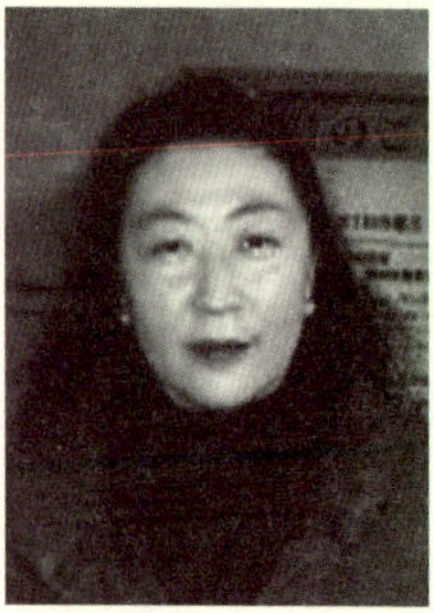

柏葉幸子
（かしわば　さちこ）1953〜

岩手県花巻市出身の児童文学作家。東北薬科大学在学中に書いた「霧のむこうのふしぎな町」が講談社児童文学新人賞、日本児童文学者協会新人賞を受賞し、作家デビュー。この作品はのちに宮崎駿監督の映画「千と千尋の神隠し」の原案になった。著書に「ミラクル・ファミリー」「つづきの図書館」など。

『エバリーン夫人のふしぎな肖像』
講談社文庫／1989年

タマラセ

六塚光

「……困りましたねえ」

「困ったなあ」

翌日の昼休み。

僕と夏月《かづき》はいつも通り、屋上で弁当をつついていた。今後の行動方針について議論をかわしながら。

とは言っても、実際のところは二人でうんうん唸《うな》っているだけだった。

「痛恨《つうこん》のミスでした。まさかあんな場所で自分の正体を晒《さら》してしまうとは」

夏月はしょんぼりしていた。

連中が警察に訴《うった》え出るという可能性は完全に無視していいだろう。撲殺魔《ぼくさつま》の噂《うわさ》とその行状に関しては警察もそれなりに押さえているだろうが、それはあくまで常識的な範囲《はんい》の中での話だ。連中が「八阪井《やさかい》という女の子が超能力《ちょうのうりょく》を使って被害者《ひがいしゃ》を片《かた》っ端《ぱし》から殴《なぐ》り倒《たお》していました」と訴え出たところで、警察はまともに取り合わないだろう。それを知っているからこそ、連中は自衛のために互助《ごじょ》会を組織したのだ。

では、連中はどのような手に出てくるだろうか。

「夏月を狙《ねら》って、直接攻撃を仕掛《しか》けてくるかな」

「どうでしょう。昨日はあの人達、不利だと悟《さと》るといきなり逃げ出しましたよね。直接アタックしてくるよりは、搦《から》め手《て》から攻撃して私の動きを封《ふう》じにかかる可能性が高いと思います」

「搦め手？」

「ええ」夏月は、不安そうな目を僕に向けた。「大助君をさらうとか」

それは十分に考えられる話だ。昨日の一件で、僕は撲殺魔に与《くみ》する者としてマークされた。僕の平安な生活は、チップとなり賭《か》け金として場に出てしまっている。そう考えざるを得ない。

……困った。夏月の力になろうと決心したはいいが、いざ自分の身が危険に晒されてみると、困る。覚悟《かくご》を決めたつもりではあったが、やはり想像と現実の間には大きな隔《へだ》たりがある。

さしあたり、ビビって漏《も》らさないように心せねばなるまい。一度《ひとたび》夏月の力になると誓《ちか》ったのだ。誓った時点では想定し得なかった困難に直面したからといって、それを理由に誓いを破ることはできない。

「こんなことしている場合じゃないんですけどねー。船子を探し出すという任務を抱《かか》えてるっていうのに」

前途《ぜんと》を憂《うれ》いてか、弁当をつつく夏月の箸《はし》の動きも遅《おそ》い。

「一つ気になるんだけど」僕は尋《たず》ねた。「本当に、船子って平磐にいるのかな」

「と言いますと」

「えーと、赤池さんとやらの命がけの情報が間違《まちが》っていた、なんて言うつもりはないけれど、撲殺魔の噂を聞いているうちに、追っ手が来たと思って逃げ出したとか、そういう可能性はあるんじゃないの」

「可能性としては否定できないですね」

「関東方面とか、もっと西に逃げてしまっていてもおかしくないと思うよ」

「あー」夏月は小さく声を上げた。「関東より西に逃げた、という可能性は考えなくてもいいですよ」

「それはまた何故《なにゆえ》に」

「魂裸醒《たまらせ》の力というのは、白河《しらかわ》の関が南限なんです。それ以上南に行くと、使えなくなるんですよ」

「……、東北地方の中でないと魂裸醒は使えないってこと？」

「北限は津軽海峡《つがるかいきょう》だから、そういうことになりますね」

それは初耳だ。

「一体、なんで？」

「魂裸醒の仕組みから説明しなくちゃならないんですけど……魂裸醒というのは、適性を持つ人間が、裸光《らこう》という光を吸収することによって使用できる力なんです。裸光というのは目に見えない、ある種の光です。一種の放射線とでも言ったらいいのかな」

「……放射線……？」

「人体には無害ですから安心してください。裸光は、魂裸醒にしか感知できない光なんだと思ってくれれば結構です」

「そんな光なんて、僕は別に感じないけど」

「ごく微量《びりょう》なものですからね。かなり慣れないと、意識的に感じることはできないと思います。で、その裸光が何から発せられるのかと言いますと――」

夏月は無造作に胸元《むなもと》に手をつっこむと、ペンダントを取り出した。そこには、水晶《すいしょう》のような透明《とうめい》な球体がはめ込まれていた。非常に小さい。単なる安っぽいアクセサリのように見える。

「これが裸光石、裸光を放つ石です。この、戸有《とある》で裸光石と呼ばれる鉱物が、東北地方の地層に薄《うす》く広く分布しているんです。私たちは、地面から発せられる裸光を受け止めることによって、魂裸醒を発現できるんです」

「つまり、裸光石が埋《う》まっていない地域では魂裸醒は出せない、ということか」

「基本的には、そうです。こんな風に裸光石を携帯《けいたい》しておけば、その限りではありませんけどね」

「で、船子はその裸光石とやらを持っていない、と」

「はい。これは村から特別な任務を申しつけられない限り、渡《わた》されません。だから、船子だけでなく、たいていの脱走《だっそう》者は東北地方から出られずにいるはずなんです。東北地方を出れば、魂裸醒を使えず一方的にやられるだけですから」

「その石は貴重品なんだね」

「そうなんです。脱走者はこれを欲しがっているから、絶対に渡さないよう気をつけなきゃならないんです」

夏月は胸元を大きく開け、石を放《ほう》り込んだ。が、胸元を見つめる僕の視線に気づいて、もう一度取り出そうとする。

「……？　もうちょっと見たいですか？」

「いや、もういい」僕は必要以上に大きく視線を逸《そ》らした。「三千人《みちと》さんも、それを持っているの？」

「正確には、ちょっと違います。父さんが持っているのは銀剣《ぎんけん》です」

「銀剣？」

「はい。銀の短剣の柄《つか》に、裸光石を埋め込んだものを持っています。これは全部で十二本あって、特に村の中でも最強とされる十二人に一本ずつ、半恒久的《こうきゅうてき》に渡されるんですよ。私が持っているのとは違って」

なにやら少年漫画《まんが》めいてきた。

「十二本というのにはいわれがあるんです。タマラセビトの一族は、かつて奥州藤原氏に仕えていた時期があるんですけど――藤原氏が、源義経《よしつね》を匿《かくま》っていたというのは知ってますよね」

「えーと、もしかして、源義経も魂裸醒だった、とでも言うのかな」

「その通りです」こともなげに夏月は頷《うなず》いた。「頼朝《よりとも》挙兵の報に従って、義経が兄の元にはせ参じようとした時、タマラセビトは十二人の魂裸醒を義経に付けてやりました。その時、奥州を出ても能力を使えるように、と渡したのが十二本の銀の短剣なのです」

「ホンマかいな」

「本当ですよー。だって、ひよどり越《ご》えとか八艘跳《はっそうと》びとか、普通《ふつう》の人間にできるはずないじゃないですか」

「……納得《なっとく》できる」

熱弁をふるうあまり、夏月の箸《はし》はすっかり止まっていた。弁当は全然減っていない。突然《とつぜん》思い出したかのように、夏月は芋《いも》を一口放り込んだ。


『タマラセ　彼女はキュートな撲殺魔』より　抜粋

解説

作者は一関《いちのせき》出身。本作で角川スニーカー大賞優秀賞を受賞したライトノベル作家として知られています。タマラセのシリーズは、魂裸醒と呼ばれる不思議な力をめぐる物語。平泉で幼年期を過ごし、やがて平家追討に向かった源義経を守っていたのも、その力を持つ人々だったという設定になっています。

義経といえば源平合戦のヒーロー。戦に長け連戦連勝を誇りますが、兄に疎まれ追われる身となります。そして平泉の地で頼りにしていた奥州藤原氏にも裏切られ、最期を遂げるわけです。

こうした悲しきヒーロー像を日本人は好みました。「九郎判官義経」の名から、「判官びいき」という言葉まで生まれています。殊に東北地方の人々は、熱狂的に義経を支持しました。その結果、義経に関わる様々な伝説が生み出されていったのです。

例えば遠野市の上郷町にある日出神社には、義経の娘である日出姫が亡くなったという伝説があります。もちろんこの姫は正史には登場しませんが、義経の隠し子だったとされ、平泉を脱出した義経一行に従っていたものの、病に倒れてこの地で亡くなったというのです。

また、三陸沿岸の普代村にある鵜鳥神社には、義経が七日七夜籠もったという話が残されています。鵜鳥山で、北海道に渡るための安全祈願をしたというのです。

義経が北海道へ渡ったという話は、実は広く知られていました。室町時代から江戸時代にかけて婦女子が好んで読んだ「御伽草子」にも、「御曹司島渡」という題でその物語が描かれています。

さらに、義経は北海道に渡ってアイヌの王になったという説や、大陸に渡ってチンギスカンになったという説まで登場します。史実はどうあれ、こうした伝説に彩られてこそ、ヒーローとしての義経像は語り継がれているのでしょう。

下閉伊郡普代村の鵜鳥神社。金色の鵜が子育てをしているのを見た義経はそれを「神鳥」と信じ、海上の安全と武運を祈願したと伝えられる。

六塚光

(むつづか　あきら) ?～

岩手県一関市生まれの作家。同志社大学出身。2004年、「タマラセ 彼女はキュートな撲殺魔」が角川スニーカー大賞優秀賞を受賞してデビュー、その後シリーズ化された。ほかに「レンズと悪魔」シリーズ、「墜落世界のハイダイバー」シリーズなど著書多数。

『タマラセ 彼女はキュートな撲殺魔』
角川スニーカー文庫／2004年

同行二人

平谷美樹

妻が生きていた頃は東京から交替で岩手まで車を運転した。しかし昨年の暮れ、長年乗って来たベンツを手放した。わたし一人が生きていくなら別に自動車は必要ない。

新幹線で盛岡まで。駅前から国道一〇六号線にちなんだ《一〇六急行》と呼ばれるバスに乗って宮古まで。宮古から歌詠《うたよみ》までは三陸鉄道を使った。太平洋側なので海に沈む夕日は望めなかったがトンネルとトンネルのわずかな間隙《かんげき》から夕焼けの空と赤紫に染まった海が見えた。

東京から盛岡まで新幹線に乗っている時間と、降りてから歌詠に到着するまでの時間がほぼ同じだったのには驚いた。車を使った方がずっと時間がかかっていたが、今回の旅行は苦痛なまでに長く感じられた。それはやはり隣に妻がいなかったからだろう。

三陸鉄道の歌詠駅に着いたのは午後七時。今から急いでもイブニングには間に合わない時間だった。駅にはフライショップ兼ペンション《虹鱒亭》の亭主大澤が迎えに来てくれていた。妻と訪れた時にはまだ建築途中だったが、大澤とは以前からの顔見知りだった。

「いらっしゃい先生」

大澤はにこやかに言った。わたしが売文を生業としていたために、友人たちはわたしを先生と呼ぶ。

「妻も一緒だったらよかったんだけどね」

「奥様はお気の毒でした」

大澤は顔を曇らせながら言った。

「ついて来てないかなぁ」

わたしはため息混じりに言ってライトアップされた煉瓦造りの英国風駅舎を振り返った。

「は？」

「いや、よくあるじゃないか。お店に入るとお冷やが一つ余計に出てくるってやつ」

大澤は返事に困って悲しそうな顔をした。図体に似合わずとても優しい男なのだ。

「ごめんなさい。つまらないことを言った。気にしないでくれ」

すると大澤は顔を真っ赤にして口ごもりながら言った。

「思い切り大きな魚を釣って、思い切り楽しんでください。ずっと思い詰めるのは体に毒です」

「分かった。ありがとう。楽しませてもらうよ」

わたしは微笑んで大澤のテラノに乗り込んだ。

車は蒼く暮れていく歌詠の町を抜けて、川沿いに進んだ。下流部は七月ともなれば鮎のいい釣り場で、長竿を持った釣り人たちでにぎわう。だが、プルシャンブルーの空を映した水面に人影はなく、町の明かりをゆっくりと揺らすばかりだった。

洪水で受けた被害も回復の状態も、薄闇の中では分からなかった。

坂本地区を過ぎた辺りの中流域には若干フライフィッシャーの姿があった。専用の駐車スペースで帰り支度をしている釣り人。竿を継いだまま道を歩く者。どの後ろ姿も今日一日がどれだけ充実していたかを物語っていた。

「モンカゲは出ているよね」

わたしは大澤に問いかけた。

「ええ。日中も、モンカゲパターンによく出ているようです」

「そうか。実はね、妻のロッドと妻の好きだったフライを持って来ているんだ」

「そういえば奥様、モンカゲのパラシュートがお好きでしたよね」

「そう。わたしがパラシュート嫌いで巻かないだろ。だから妻はタイイングを始めたんだ。モンカゲのパラシュートはわたしよりも上手かった」

「そうですか。それならなおさらジャンジャン釣ってくださいよ！」

大澤は景気のいい大声で言った。

宿に入って、わたしは思い立ち、亭主に油性のマーカーペンを所望した。そして妻の使い込んだ革のロッドケースからバンブーロッドを取り出すと、グリップのコルクに《同行二人》と書き込んだ。

大澤はそれを見ながら泣きそうな顔をしていた。


年とともに早起きが苦にならなくなった。それはなんということはない。夜更かしができなくなっただけのことだ。

昨夜九時に寝たわたしは朝四時に目覚めた。

餌釣りではないのだから、こんなに早く起きなくてもいいのだが、しょうがない。準備体操がてら宿の前でひと釣りするかと、ベッドを抜け出した。

珍しく寝坊のフライフィッシャーたちが多いのか、それともわたしが出遅れたのか、静まり返った玄関で身支度を整えて外に出る。

目の前に黒い人影が立っていて肝を冷やした。

「おはようございます」

嗄れた声だった。口元にポッと赤い光。煙管の火だ。

「松太郎さん。お久しぶり」

薄闇の中にウエーダーとフライベストをつけた小柄な老人の姿が浮かんだ。皺だらけの顔に笑みを浮かべている。

「清水が風邪で寝込んでるもんだから、おれが代わりに来た」

「なんだ、この前の逆だな」

わたしは笑った。

「今日は第四区だって？　堰堤は壊れちまったが、今はちょっといい砂地になってるんだ。

あそこはモンカゲにはいい場所だ」

松太郎は停めてあった軽トラックの荷台にロッドケースを乗せて顎をしゃくり、わたしに助手席に乗るよう促した。

第四区は《虹鱒亭》から三キロほど下った所にあった。洪水の前には堰堤があって、とてもシビアな魚たちがたくさんいて歯軋りをしたくなるような釣りを強いられた場所だった。しかし、堰堤が破壊され、ほどよく溜まった砂がモンカゲロウの幼虫を育み、昨年辺りからダイナミックな釣りができるようになったらしい。

釣り場に着くと空は青い朝の光に満ち始めていた。

川は変貌していた。

護岸はまったく無くなっていた。道路のガードレールからすぐに雑草の生えた傾斜が水際まで延びていた。スミレの紫やタンポポの黄色が斜面を彩る。

流れを遮っていた藤沢堰堤も痕跡すら残していない。適度な落ち込みと瀬と淵が絶妙に組み合わされて上流へ続いている。

「変わったろ?」

「ああ。すごいね。近自然工法とかいうやつかい？」

「アメリカから専門家を招いてね」

「橋はどうなった？」

「石の橋と木の橋だ。風情があるよ」

松太郎は「ハッチはまだだから、コーヒーでも飲むか」と、使い古したスベアを荷台から出し、パーコレーターを乗せてコーヒーを沸かし始めた。朴《ほお》の木の花に見下ろされる駐車スペースに手際よくテーブルと椅子を組み立てる。

「だいぶ落ち込んでるみたいだな」

松太郎はわたしの向かいに腰を下ろしながら言った。薄汚れた農協の帽子の下で、ショーン・コネリーによく似た眼が微笑んでいる。

「突然一人になっちゃったから」

「まあ、釣りに精出して早く忘れることだな」

「一人じゃ釣りもつまらないよ」

「こっちに引っ越して来ればいい。おれが毎日付き合ってやる」

「それもいいかもしれない」

半分本気でそう思った。

松太郎はコーヒーを満たしたシェラカップをわたしの前に置いた。

「幽霊でもいいから姿が見たい」

わたしは熱いシェラカップを両手で包みながら言った。

「幽霊にも都合ってもんがある。そうヒョッコラ、ヒョッコラと出て来たら有り難みがない」

「そうかもしれないね。まあ、わたしもそう長くはないのだから、あの世でまた一緒に釣りでもするさ、と思ってね」

「随分弱気だな。まあいい。一尾釣れば気分も変わる。さ、行くか」

松太郎は河原に降り、水の様子を見た。いつもは柔和な目が鋭い光を放つ瞬間だ。

わたしはタックルを組み立てて松太郎のあとを追った。

「早々とモンカゲが出てる。あそこの石の脇ででかいライズがあったぞ」

わたしは頷いてティペットにモンカゲパラシュートを結び、そっとキャストした。

これは妻の魚。

ふわりと着水したパラシュートは若干テイルの部分を水中に沈めて流れ出す。

透明な飛沫が散る。グリップに魚の躍動が伝わる。

四年間の憂鬱が一瞬消えた。

ランディングネットでそっとすくうと、広い尾鰭がはみ出した。三〇センチを軽く越えた岩魚だった。

松太郎が煙管をくわえながら拍手をする。

次はわたしの魚。

松太郎は今度は対岸ギリギリを指示した。中央に強い流れがあるのでリーチをかけてキャストする。即座にメンディング。

フライはレーンに乗った。

水中を銀の弾丸が走る。岩魚は勢い余って水面から半身を突き出してフライをくわえた。

立て続けに一〇尾も釣り上げると、なまったわたしの体は疲労に悲鳴をあげた。

小休止。わたしたちはミヤマオダマキの咲く右岸の岩に腰を下ろして煙草を吹かした。

「実は、今回は最後の山女魚を釣るために来たんだよ」

わたしは独り言のように言った。

「しかし、最後の岩魚でもまあいいかなと思えて来た。どっちも奇麗だからね」

「わしらの寿命はわしらが決めるもんじゃない」

いつもと違う真剣な深い声に、わたしは驚いて松太郎を見上げた。

松太郎は川面を見つめるときの目付きでわたしを見つめていた。

「だからわしらが最後に釣る山女魚はわしらが決めるもんじゃない。奥さんもそう言っとったぞ」

松太郎はにやっと笑った。そして「ちょっとションベン」と言って道路際の公衆トイレに走って行った。

わたしは松太郎の言葉を深く考えもせずに岩を降りて再びキャスティングを始めた。


それにしても松太郎は遅いなと、浮きの悪くなったフライを回収した時、

「すみませーん！」

威勢のいい声が道路の方で聞こえた。振り返るとガイドの清水が手を振っている。わたし

も手を振り返すと、転がるように傾面を駆け下りて来た。

「すみません先生。車が壊れちゃって」

清水は息を切らせながら言った。

「松太郎さんは君は風邪で寝込んでるって言ってたぞ」

わたしはフライにフロータントを付けながら言う。

「冗談はやめてくださいよ」

清水は顔を強張らせた。

「松太郎さんは亡くなったんですよ」

「え……いつ？」

わたしは言葉を失った。では、ついさっきまでわたしを励ましてくれたのは誰だったのだ？

「川が壊れるちょっと前に」

大澤からは何も聞いていなかった。もしかすると、妻を亡くして意気消沈しているわたしを気遣って訃報は伝えなかったのかもしれない。

「ところで、奥様はどこへ行かれたんですか？」

清水は辺りを見回す。

「妻は一昨年死んだよ」

「冗談はやめてください！」

清水は頬を紅潮させて怒った。

しかし、清水の顔はすぐに蒼ざめた。わたしの表情から本当のことだと気づいたらしい。

「でも、ぼく、ちゃんと道路から見てましたよ」

混乱した頭を整理しながら清水は言う。

「奥様、後ろからついて来てたじゃないですか。二尾、立て続けにランディングしてました。とても嬉しそうに……」

わたしは黙って頷いた。

しばらく干上がってしまっていた涙腺が少しだけ緩んだ。

『歌詠川物語』より　抜粋

解説

同行二人《どうぎょうににん》とは、四国八十八箇所を巡るお遍路さんたちが杖や笠などに書きつける言葉。自分は一人ではなく、いつも弘法大師と同行しているのだという意味で使います。妻を亡くした主人公は、妻のロッド（釣竿）にこの言葉を書き込みました。

その翌日、不思議な出来事が起きるわけですが、この物語の舞台となっているのは岩手県北部、三陸沿岸の歌詠川。架空の地名ですが、その川で起こる様々な出来事を描いたのが本作を含めた『歌詠川物語』です。

作者は岩手県の出身で胆沢郡金ヶ崎町在住。SFからホラー・歴史・ショートショートなど様々な作品を創り出していますが、『歌詠川物語』は釣り小説というべきジャンル。作者自身が釣りを好み、その名も「歌詠川通信」というブログを綴っています。

さて、本作は死者との邂逅が物語の大切な要素となっています。亡くなった人に再び出会うという話は、やはり伝統的にも様々に語り継がれています。『遠野物語』にもいくつかの話が見られますが、例えば第九十九話。

土淵村の助役の弟は、三陸沿岸に婿入りしていました。しかし大海嘯によって妻子を失ってしまいます。それから一年ばかり経った夏の初めの月夜、便所に行こうと起きたところ霧の中に男女二人の姿が見えます。よく見れば女は亡くなった妻。男は、自分が婿入りする前に妻が深く心を通わせていたと聞く人物で、やはり津波のときに亡くなっていました。弟が名を呼ぶと、妻は振り返りにこりと笑います。弟はしばらく二人を追いましたが、途中で気づき帰ったそうです。

こうした死者との邂逅をはじめ様々な妖怪譚など、不思議な出来事というものは、全国各地で語られています。けれどもこの美しくも厳しい自然に包まれた岩手では、そんな出来事に出会う確率がほんの少しだけ高いのかもしれません――そう感じるのは思い過ごしでしょうか。

平谷美樹
（ひらや　よしき）1960～

岩手県生まれの作家。大阪芸術大学卒業後、岩手県の中学で教職に就く。2000年「エンデュミオン・エンデュミオン」で作家としてデビュー。同年、「エリ・エリ」で小松左京賞を受賞した。のちには執筆活動に専念し、伝奇ホラー小説やSF小説等を数多く発表している。

『歌詠川物語』
つり人社／2006年

監修者あとがき

須藤宏明

宮沢賢治は岩手県を、「イーハトーブ」と称しました。『グスコーブドリの伝記』で、イーハトーブは、寒さと旱魃に襲われるけれども、ブドリの献身的な力によって暖かさを取り戻す所と描かれています。『注文の多い料理店』の広告文で、賢治がイーハトーブを「ドリームランドとしての日本岩手県である。」と説明したのは、何もイーハトーブが、素晴らしいドリームランドだというのではありません。ブドリが多くの人々と協力して飢饉を救ったように、苦しい自然環境の中で、人々が力を合わせ苦しみを乗り越えドリームランドとするのだというのが、イーハトーブなのです。

岩手は物語の豊富な国です。物語といっても絵空事ではなく、現実と向き合ったものです。これは、現実ではあるが不思議としか思えない現象を『遠野物語』が、記録から物語に昇華させたことに、よく表れています。不思議とはそもそも事実の解釈なのですから、記録と物語は交錯していきます。明治と昭和の三陸の災害を題材にした記録文学に、吉村昭の『三陸海岸大津波』があります。遠野での信じられないこと、三陸での信じられないことが、この二つの作品に表されています。このような要素の文学は、岩手を舞台にしたミステリー、ライトノベルといった分野に続いています。

また、岩手は、詩・短歌・俳句の盛んな国です。芭蕉の『奥の細道』は正岡子規の『はて知らずの記』に受け継がれ、啄木と賢治によって開花しました。それは、全国の詩歌を対象に膨大な資料蒐集をおこなう目的で、平成二年、北上市に設立された日本現代詩歌文学館に象徴されています。岩手で詩歌が盛んである一つの原因は、苦しみを乗り越える時、日本人は短詩型の文学を求めてきたことにあるように思います。

この岩手の文学を、全国の多くの方々が味読して下さることを願っております。できますれば、書を持ちて、町を出ようという気持ちで、本書を手に岩手を歩いて下さればと思います。最後になりましたが、出版元の大和書房、編集にご奔走下さったオフィス303、協力をたまわった日本現代詩歌文学館に篤く御礼申し上げます。

監修● **須藤宏明**（すどう　ひろあき）

1958年大阪府生まれ。國學院大學大学院文学研究科日本文学専攻博士課程後期満期退学。盛岡大学文学部教授。日本近代文学会、昭和文学会等に所属。研究テーマは、新感覚派を中心とした日本近代文学。著書に『疎外論—日本近代文学に表れた疎外者の研究—』（おうふう）、編著に『川端康成作品論集成第3巻 禽獣・抒情歌』（おうふう）、『東北近代文学事典』（編集代表、勉誠出版）などがある。

●協力

松本博明（まつもと　ひろあき）岩手県立大学盛岡短期大学部教授
青木康繁（あおき　やすしげ）岩手県職員
上條尚樹（うえじょう　なおき）盛岡大学職員
佐々木章行（ささき　あきゆき）盛岡大学平成23年度卒業生

解説● **久保田裕道**（くぼた　ひろみち）

1966年、千葉県生まれ。國學院大學大学院博士課程後期文学研究科修了。博士（文学）。民俗学者。國學院大學兼任講師。儀礼文化学会事務局長、民俗芸能学会理事。主な著書に『「日本の神さま」おもしろ小事典』（PHPエディターズ・グループ）、共著に『心をそだてる子ども歳時記12か月』（講談社）『ひなちゃんの歳時記』（産経新聞出版）などがある。

絵画● **清水智裕**（しみず　ともひろ）

1977年、岩手県釜石市生まれ。青山学院大学理工学部卒業後、ソフトウェア会社に就職。その後、自分の五感を駆使して実体あるものを創り出したいという思いから退社し、東京芸術大学油画科に入学。第15回青木繁記念大賞展入選、2008年からトーキョーワンダーシードに3年連続で入選。国内はもとよりシンガポール、香港などでも展示多数。

● 作品タイトル一覧

カバー「千年も前のこと」／ p.2「ニューワールド」／ p.8「一定の濃度」／ p.34「良い眺め（秘密）」／ p.66「ガーデン」／ p.90「アクアリウム」／ p.130「黒うさぎの森」／ p.164「ヴィクトリア号」

資料協力
● 日本現代詩歌文学館

写真協力（五十音順・敬称略）
● 朝日新聞社(p.17・32・39・50・56・63・71・83・101・117・128・137・142・153・162・171)
● 岩手県(p.88)　● 大船渡市観光物産協会(p.105)
● 柏葉幸子(p.180)　●小林輝子(p.88)　●平谷美樹(p.203)
● 普代村(p.189)　● 村上成夫(p.105)　●盛岡市(p.32)
● 山崎ヒデ子(p.157)　●J-LoUPE(p.162)

● 表記に関する注意
本書に収録した作品の中には、今日の観点からは、差別的表現と感じられ得る箇所がありますが、作品の文学性および芸術性を鑑み、原文どおりといたしました。また、文章中の仮名遣いに関しては、新漢字および新仮名遣いになおし、編集部の判断で、新たにルビを付与している箇所もあります。さらに、見出し等は割愛しています。

ふるさと文学《ぶんがく》さんぽ　岩手《いわて》

二〇一二年 七月一〇日　初版発行

監修　須藤宏明《すどうひろあき》
発行者　佐藤 靖
発行所　大和《だいわ》書房
〒一一二―〇〇一四
東京都文京区関口一―三三―四
電話　〇三―三二〇三―四五一一
振替　〇〇一六〇―九―六四二二七

ブックデザイン　ミルキィ・イソベ（ステュディオ・パラボリカ）
明光院花音（ステュディオ・パラボリカ）
編集　オフィス303
校正　聚珍社
本文印刷　信毎書籍印刷
カバー印刷　歩プロセス
製本所　ナショナル製本

ISBN 978-4-479-86203-1
乱丁本・落丁本はお取り替えいたします。
http://www.daiwashobo.co.jp/